KB184851

멈추고
싶다면
멈추지 마!

# 멈추고 싶다면 멈추지 마!



댄 솔로몬 지음 이민희 옮김

씨드북

• **일러두기**
모든 각주는 옮긴이 주다.

윌, 그리핀, 쿠퍼, 일라이, 에이든, 벤, 할, 줄리언, 찰리,
그리고 앞으로 동참해야 할 모든 남자아이를 위해.

# 오전
# 9시 3분

핸드폰이 울렸을 땐 이미 지각이었다. 나는 여름내 사회봉사를 해야 한다는 기소 유예 조건에 따라 이미 3분 전에 오스틴 노인주간보호센터에 도착해 있어야 했다. 하지만 요새 내 핸드폰이 울리는 건 극히 드문 일이어서, 궁금증을 참지 못하고 전화를 받았다.

"여보세요?"

"아! 알렉스 콜린스 맞나요?"

발랄하고 붙임성 있는 여자 목소리가 물었다. 나는 핸드폰을 귀와 어깨 사이에 끼우고 센터 밖 자전거 거치대에 자전거를 고정하며 대답했다.

"맞는데요."

"안녕, 알렉스. 나 캐시야."

상대방이 덧붙였다.

"라미레즈."

나에게 친구가 남아 있었다면 내가 캐시 라미레즈를 아주 오랫동안 짝

사랑했다는 사실을 아는 누군가가 장난친다고 생각했을 거다. 하지만 나는 몇 달 전부터 친구가 한 명도 없었다. 캐시 라미레즈가 왜 나한테 전화를 걸었는지, 심지어 내 번호를 어떻게 알았는지 모르지만 자세히 물어볼 시간이 없었다.

"아, 캐시, 안녕."

사회봉사를 망쳐서 곤란해질 수는 없으니, 나는 버벅거리면서도 센터 문으로 향했다.

"오늘 뭐 해?"

캐시가 일상적인 말투로 물었다. 초등학교 4학년 이후로 대여섯 마디도 주고받은 적 없는데, 이렇게 여름 방학 화요일 아침에 불쑥 전화를 걸어올 만큼 나랑 친한 사이라는 듯이 말이다.

"어…… 글쎄, 아직 계획 없는데."

아주 절제된 표현이었다. 내 2013년 여름 방학은 첫날부터 지금 이 순간까지 '아직 계획 없음'으로 정의할 수 있었으니까. 유일한 계획이라곤 참수 장면을 갈구하는 80대 노인에게 폭력성 짙은 중세 판타지 소설을 한 시간씩 읽어 주는 것뿐이었다.

"와, 잘됐다."

캐시가 멋쩍게 웃고는 말을 이었다.

"미안, 다른 게 아니라, 오늘 정말 중요한 날이거든. 가능한 한 빨리 주의회 의사당으로 와 줄래? 네가 있으면 큰 힘이 될 것 같아."

"주의회 의사당? 무슨 자선 행사 같은 거 해?"

나는 여전히 센터 밖에서 물었다.

"시위라고 할 수 있어. 중요한 시위. 네 도움이 정말 필요해. 와 줄 수 있어?"

캐시처럼 인기 많은 애가 나한테까지 전화할 정도면 역대 최대 규모의 시위대를 조직하려는 게 분명했다. 난 캐시가 정치에 관심이 있는 줄도 몰랐다. 아무래도 아군을 총동원하기 위해 채팅방, 페이스북, 트위터*, 인스타그램, 스냅챗, 텀블러로 연락하고도 남은 사람들에게 전화를 돌리고 있는 모양이었다. 지금 나와 통화 중인 건 내가 몇 달 전에 SNS를 모조리 탈퇴했기 때문일 테고.

따라서 이 상황은 캐시가 자기도 나를 오랫동안 좋아했노라 고백하는 상황은 아니었다. 그래도 괜찮았다. 인생의 황금기여야 하는 졸업반 직전 여름 방학이지만, 내 여름은 그저 외로웠다. 캐시는 학교에서 제일 예쁜 데다 착하기까지 한 애다. 남들에게 괴짜 취급받는 나와 내가 어울리던 애들한테도 친절했다. 내가 딱히 바쁜 것도 아니고, 또 누가 알겠는가? 이 도움 요청에 응하는 것이 어떤 '계기'가 될지. 나는 캐시에게 알겠다고, 가겠다고 말했다.

"너무 잘됐다! 도착하면 문자해, 알았지? 나 '로턴더**' 어디쯤 있을 거야. 파란 옷 입고."

---

* 2023년 'X'로 명칭이 바뀌었다.

** 원형 구조로 된 대형 건축물의 중앙 홀이나 돔형 천장을 가진 공간을 가리킨다. 주로 의사당, 박물관 등 공공건물에서 볼 수 있으며, 대한민국 국회의사당의 중앙 홀인 '로텐더 홀'의 어원이기도 하다.

※※※

복도에서 좀 퀴퀴한 냄새가 나긴 해도 오스틴 노인주간보호센터의 내부는 외관이 주는 인상에 비해 깔끔하다. '노인주간보호센터'란 장성한 자녀에게 부양받는 노인들이 낮 동안 머물 수 있는 시설이다. 간호 인력, 심심풀이 활동, 부엌을 태울 위험 없이 차려 먹을 수 있는 건강식 등을 갖췄다. 팔순 노인에게는 훌륭해도 10대 청소년의 흥미를 끌진 못하는 곳. 하지만 적어도 나에겐 집 밖으로 나올 구실이다. 엄마를 제외하고 친구가 한 명뿐이라면 그 친구가 여든다섯 살인 것도, 만남 장소가 복도에서 곰팡내 나는 시설인 것도 불평할 수 없다.

사회봉사 첫날, 담당자가 나에게 모나한 씨가 시력이 나쁘니 책을 읽어주면 좋을 것 같다고 했다. 센터에 읽을 만한 책이 많다고도 말했는데, 막상 내가 먼지 쌓인 책꽂이에서 발견한 소설은 『다빈치 코드』와 『바람과 함께 사라지다』의 비공식 속편이 전부였다. 둘 중 뭐가 좋겠냐고 물었더니 모나한 씨는 헛구역질하는 소리를 냈다.

"너 책 좀 읽게 생겼구나. 그 가방엔 뭐 없냐?"

사실, 내 가방 안에는 『왕좌의 게임』이 있었다. 모나한 씨에게 있는 그대로 말했다.

"그거 텔레비전에서 하는 용 나오는 드라마 원작 맞지? 재밌냐?"

나도 책은 막 읽기 시작한 참이었다. 원래는 일요일마다 제시의 집에 모여 드라마 본방송을 챙겨 봤었다. 그것도 지난 시즌이 마지막이었지만.

이번 방학이 고독할 게 뻔해지면서 두꺼운 판타지 시리즈 다섯 권쯤은 무난히 독파할 수 있겠다는 생각이 들었다.

"네, 아직 멀었는데 지금까지는 재밌어요."

모나한 씨는 처음부터 다시 읽어도 괜찮겠냐고 물었고, 나는 무료함을 달래 드리는 게 내 할 일이라고 답했다. 그날, 첫 50페이지만으로도 모나한 씨는 이야기에 그야말로 푹 빠졌다. 그 후 일주일에 세 번, 아침마다 방문해서 지금까지 절반 이상 읽었다. 나는 혼자 미리 읽지 않겠다는 약속을 지켰고, 이야기가 극적으로 치달을수록 모나한 씨는 열광했다. 어떤 면에서는 제시의 집에서 드라마를 보던 때와 비슷했다. 일요일 밤마다 텔레비전 앞에 모여 앉는 것이 우리만의 스포츠 경기를 시청하는 것처럼 느껴졌더랬다.

"벗이 왔구먼!"

우리가 매번 만나는 아담한 방에 들어서자 모나한 씨가 나를 반겼다. 그는 안락의자에 홀쭉한 몸을 늘어뜨리고 앉아 눈을 반쯤 감고 있었다. 목깃까지 단추를 채운 검정과 빨강 체크무늬 셔츠 위에 칙칙한 회색과 갈색 체크무늬 셔츠를 외투처럼 걸쳤다. 가끔은 누구를 괴롭히려고 일부러 그렇게 입나 싶다.

"네, 늦어서 죄송해요."

나는 구석에 있는 낡은 피아노 위에 가방을 내려놓고 모나한 씨의 맞은편 안락의자에 앉았다.

"밖이 꽤 덥지? 이 날씨에 자전거를 타고 왔구나, 염병할. 그래도 계속

와 줘서 고마워."

2차 세계 대전 당시 해병이었던 그는 이런 욕설이 입에 뱄다고 했다.

"전적으로 제 결정은 아니지만요. 어쨌거나 빼먹고 싶지 않아요."

"맞다, 비행 소년이었지. 깜빡했네."

모나한 씨가 껄껄 웃었다.

"저도 깜빡하고 싶네요."

"기소 유예라 했지? 나 말고는 아무도 모를 거야."

모나한 씨는 우리가 독서 친구가 된 계기인 그 짧은 비행이 내 문제들 가운데 가장 사소한 문제라는 걸 모른다. 굳이 알릴 생각도 없어서, 나는 화제를 돌렸다.

"'킹스 랜딩•'으로 돌아가 밀린 이야기를 따라잡아 볼까요?"

"더 기다릴 수 없지."

모나한 씨가 씩 웃었다. 한 번 책을 펼치면 1시간은 금방 갔다. 나도 모르게 자꾸 드라마에 나온 배우들처럼 대화문을 읽게 됐다. 모나한 씨가 내 영국식 억양이 얼마나 끔찍한지 놀리다 말았기에 망정이지, 계속 놀렸다면 우리는 지금의 반도 못 읽었을 거다. 53페이지쯤 읽고 나서 나는 책을 다시 가방에 집어넣었다.

"올여름 잘 나고 있니? 오늘 같은 날씨에는 웬만하면 실내에 있어라. 이 지랄맞은 더위에는 개도 못 싸돌아다니게 해야 해."

모나한 씨가 말했다.

---

• 조지 R. R. 마틴의 소설 시리즈 「얼음과 불의 노래」 및 이를 원작으로 한 드라마 〈왕좌의 게임〉에 등장하는 가상의 도시.

"최선을 다할게요. 주의회 의사당에 에어컨이 있는지 모르겠지만요."

"주의회 의사당? 그 망할 놈들 소굴엔 뭐 하러 가?"

대답하기도 전에 얼굴이 화끈 달아올랐다. 내가 정말 캐시 라미레즈와 만나기로 한 건가?

"오늘 시위가 있대요."

어쩐지 대담한 기분이 들어서 "어떤 여자애가 불러서 가는 거예요" 하고 덧붙였다.

"이야, 시위? 그럼 말릴 수 없지. 본때를 보여 줘! 그 임신 중단 건이지?"

그제야 내가 무슨 시위인지도 모른다는 걸 자각했다. 물어볼 생각도 못 했다. 임신 중단? 최근에 뉴스에서 본 것 같다. 많은 사람이 서로에게 고함치던 모습.

"네."

나는 확신 없이 대답했다.

"그놈들이 하는 짓은 개판이야."

그 말에 나는 잠자코 고개를 끄덕이다가 모나한 씨의 시력 상태가 떠올라 "맞아요" 하고 소심하게 맞장구쳤다. 내 무지가 부끄러웠다. 그러니까, 임신 중단은 나쁜 거 아닌가? 우리 집은 (캐시의 집처럼) 가톨릭교라 엄마와 성당 사람들이 임신 중단을 반대하는 건 알았다. 하지만 나는 일요일마다 엄마에게 한숨 더 자고서 자전거 타고 2부 미사에 가겠다고 말해 놓고 그 대신 길 건너 카페에 가서 책을 읽다 오곤 했다. 그래서 요즘 신부님 말씀을 많이 들었다고 할 수 없었다.

"가서 데비 만나면 안부 전해 줘."

모나한 씨의 딸 데비는 내가 이곳에서 법원 명령을 이행하게 한 장본인이다. 우리 엄마와는 성당 친구인데, 내가 봉사 자리를 찾는다는 말을 듣고서 이 센터 직원들에게 좀처럼 정을 붙이지 못하는 자기 아버지에게 말동무가 필요하다는 사실을 떠올렸다.

"그분도 거기 가는 줄 몰랐어요."

"이 난리가 시작되고 일주일 내내 갔어. 오늘은 연차까지 내고 집회를 돕는다더라. 중요한 일이야. 너희가 하는 일."

"맞아요."

갑자기 솟구치는 확신을 느끼며 나는 고개를 끄덕였다. 지난 1년 동안 후회스러운 일이 많았지만, 모나한 씨에게 책을 읽어 주는 일은 조금이나마 위안이 된다. 내가 천하의 몹쓸 놈은 아니라는 뜻이니까. 정확히 무슨 시위인지는 모르겠지만 데비 모나한은 누구보다 친절하고 도덕적인 사람이다. 그를 따라 주의회 의사당에 간다면 나도 괜찮은 사람이 될지도 모른다. 그 김에 오늘 텍사스 주 오스틴에서 가장 예쁜 여자애와 몇 시간이라도 어울리는 것은 덤이라고 볼 수 있다. 임신 중단에 관해서는 딱히 생각해 본 적 없지만, 나는 남자인데 그럴 이유가 있나?

# 오전
# 10시 17분

모나한 씨와 헤어진 뒤 주머니에서 이어폰을 꺼내 귀에 꽂았다. 안전에 집착하는 엄마가 알면 노발대발하겠지만, 탈옥을 감행하는 기분으로 자전거에 올라 주의회 의사당으로 페달을 밟았다. 친구들이 있던 시절에 거의 매일 타던 길이니, 오늘 이 길을 지나는 게 쉽지는 않을 거다. 일부러 어릴 때 엄마 차에서 듣던 컨트리 음악을 재생했다. 내 또래는 아무도 안 듣는 장르라서 지난 1년 사이의 어떤 기억도 떠오르지 않을 테니까. 나는 정원이 딸린 색색의 큰 집들을 지나 오르막길을 힘차게 올랐다.

말을 훔치려던 여자를 쏴 죽였다고 그의 목을 매달 순 없는 노릇이라는 가사가 이어폰에서 흘러나올 때, 오른쪽으로 제시의 집이 보였다. 몇 달이 지났는데 아직도 길가에 쓸다 남은 유리 파편들이 보였다. 그대로 영영 방치될 운명인 듯했다. 제시네 엄마 차 옆을 지나치면서 나는 기어이 목을 길게 빼고 차고 건물을 슬쩍 엿봤다. 어느 대학생이 그곳에 세 들었다는 소식을 페이스북 삭제 전에 들었다.

물론 제시는 그곳에 없다. 울컥한 나는 페달을 힘껏 밟아 달까지 달리고 싶었다. 하지만 그건 노트북을 들고 발코니에 앉아 있는 제시를 보는 것만큼이나 불가능하기에 나는 다시 윌리 넬슨의 노랫말에 집중하며 텍사스대학교 캠퍼스를 가로질러 시내로 향했다.

방학이라 캠퍼스는 한산했다. 그래서 풋볼 경기장을 지나가다 바짝 깎은 머리에 럭비 티를 입고 풋볼 선수답게 우람한 체격을 지닌 제이컵 콜러를 보고 더더욱 놀랐다.

대체 저놈이 여기서 뭐 하는 거지? 가만 보니 예비 신입생 프로그램에 참여하는 모양이었다. 지망하던 노스웨스턴대가 아닌 이 대학에 입학할 예정이라는 뜻이었다. 나는 고개를 숙이고 정지 신호를 무시한 채 몇몇 대학생들을 쏜살같이 지나쳤다. 놈이 집에서 가까운 이 학교에 처박히게 됐다면 날 탓하고 있을 게 분명하니까. 지금이 놈을 보는 마지막 순간이길 기도하고 싶었지만 나는 원래 신에게 말을 걸지 않는다. 그래서 그저 놈의 시야에서 벗어나길 바라며 백만 번도 넘게 달린 길을 새삼 조급한 마음으로 달렸다.

※※※

## 2학년 10월 어느 날

더블 데이브 피자집에서 퇴근할 준비를 하는데 뒤에서 제이컵 콜러가 불렀다.

"어이, 콜린스, 오늘 밤에 뭐 해?"

나보나 한 학년 선배고 딱히 어울리고 싶진 않았지만, 제이컵은 피자를 빚고 나는 구웠다. 그러니까, 내가 열여섯 살이 되자마자 아르바이트를 하게 된 이곳에서 우린 꽤 많은 시간을 함께 보냈다. 나는 제이컵이 종잡을 수 없는 놈이란 걸 금방 깨달았다. 대체로는 멍청했지만, 가끔은 놀랄 만큼 멀쩡하고 서글서글하게 굴었다. 특히 점장인 아르노가 주위에 있을 때나 마블 영화, 반려견 등 공통 관심사에 관해 이야기할 때. 바쁜 주말 저녁 텍사스대학교에서 열리는 온갖 파티를 위해 전 직원이 피자 공장을 가동할 때면 자연스레 주방을 진두지휘하기도 했다. 소스를 느릿느릿 바르는 직원에게는 "속도 올려!"라고 부추기고 페퍼로니를 기계처럼 빠르게 토핑하는 직원에게는 "좋았어!"라고 격려하는 식이었다. 그리고 이날처럼 우리 둘만 남은 밤에는 복불복이었다. 내 자전거를 자기 차 뒤에 싣고 집까지 태워다 주겠다고 제안하거나, 내 앞에서 내 친구들을 짓궂게 흉보거나. 이번엔 어떻게 나올지 몰라 나는 마음을 다잡았다.

"한판 뜨러 가?"

제이컵이 능글맞게 웃으며 말했다.

나는 출퇴근 기록기에 내 카드를 끼워 넣었다. 아마 내가 태어났을 때부터 이 가게에 있었을 고물이었다. '찰캉!' 경쾌한 소리와 함께 카드에 자정 직후 시각이 찍혔다. 나는 뭐라고 대꾸해야 좋을지 몰랐다. 순수한 질문으로 가장한 조롱이 분명했다. 내가 못 들은 척하며 제이컵이 퇴근 카드를 찍게 비켜 주자 제이컵이 이어서 말했다.

"애들이랑 포커 칠 건데, 너도 낄래?"

제이컵 콜러가 나한테 그런 제안을 하는 게 낯설었다. 아마 여럿이 짜고 날 등쳐먹으려는 것일지도 몰랐다.

"고맙지만 다음에 낄게."

그렇게 대답하고는 밖으로 나와서 제시에게 문자로 어디냐고 물었다. 엄마는 내가 제시네 집에서 잘 거라고 알고 있지만, 제시네 엄마는 아주 관대해서 우리가 밤늦게 공연 같은 걸 보러 다녀도 개의치 않았다. 따라서 나는 내 절친이 지금 집에 있는지, 다른 애들이랑 24시 카페 같은 데 있는지 알 수 없었다.

즉시 답장이 왔다. '퇴근했어? 시내로 올래?' 제시는 작가 지망생답게 맞춤법을 철저히 지켰다. 더블 데이브 피자집에서 시내까지는 그리 멀지 않았기에 나는 알겠다고 답하고서 자전거를 꺼내 핸들에 헤드라이트를 달고 페달을 밟았다.

오스틴 시내에는 열여섯 살이 밤늦게 즐길 만한 것이 (라이브 클럽에서 전체 관람가 공연을 하지 않는 한) 없기에 나는 별 기대가 없었다. 제시가 위치를 찍어 보내 줬고, 그걸 따라 중학교 때 견학 이후로 가 본 적 없는 텍사스 주의회 의사당 건물로 향했다. 제시를 처음 만난 건 초등학교 5학년 때였다. 아빠가 집을 나간 뒤 비싼 가톨릭계 사립 학교에서 공립학교로 전학했다. 그때 처음 사귄 친구가 제시였다. 점심시간에 『반지의 제왕』을 읽는 날 보고 제시가 호빗 이야기로 말을 걸어왔다. 얼마 지나지 않아 나는 제시네 집을 내 집처럼 드나들게 됐다. 나와 우리 엄마 모두에게 이득이었다. 직장에서 추가 근무를 하던 엄마로서는 열한 살짜리 아들을 베이비시터가 아닌 친구 집에 맡기는 게 훨씬 저렴했고, 나로선 훨씬 즐거웠다.

브라조스 스트리트의 큰 언덕을 올라 우회전해서 의사당 길에 접어들었다. 조명이 의사당을 환히 밝히고 있었다. 눈부신 빛이 주변의 어둠과 대비되어 환상적인 분위기를 자아냈다. 멀리서 제시와 제시의 여자친구 시린, 시린의 친구 홀리가 웬 인물 동상을 구경하고 있었다. 내가 자전거를 타고 다가가자 나를 본 세 사람이 곧바로 동상처럼 자세를 취했다. 나는 웃으면서도 마음 한구석이 따끔했다. 1시간쯤 전 제이컵이 제시의 검정 매니큐어와 시린의 미술 작품(운동선수들과 디즈니 공주들을 접목한 콜라주 작품)을 조롱했는데, 친구라는 나는 한마디도 못 했기 때문이다.

"이거 봐. 아직도 남부연합• 장군 동상들이 있어."

제시가 날 보고 동상을 가리켰다. 말을 탄 채 소총을 든 남자 동상이었다. 시린은 가운뎃손가락을 치켜들었다.

"달걀 세례 좀 해 줄까?"

"철창신세 지고 싶으면 그렇게 해."

홀리가 말했다. 그 말대로 동상 훼손 행위를 (아무리 달걀 세례를 맞아도 쌀지언정) 곱게 보지 않을 경찰관들이 주변에 있었지만, 왠지 이날 밤 의사당에는 우리만 있는 것처럼 느껴졌다.

• 1860년대 미국 남북전쟁에서 흑인 노예제를 지지하던 남부의 주들이 형성한 연합.

"너 피자 냄새 나."

홀리가 날 보며 덧붙였다. 홀리와 나는 그리 친하지 않았다. 제시와 시린은 우리가 눈이 맞길 기대하는 듯했지만 말이다. 제시가 고개를 끄덕였다.

"암, 나고말고."

그러고는 날 덥석 끌어안더니 숨을 깊이 들이마시며 말했다.

"아, 취한다!"

시린은 콧방귀를 뀌더니 순찰 중인 주 경찰을 가리켰다. 카우보이모자를 쓴 경찰관은 제시의 공개적인 애정 행각을 예의 주시하고 있었다. 그에 화답하듯 제시가 두 팔을 활짝 펼쳐 나와 시린, 홀리를 한 품에 끌어안았다.

"제퍼슨 데이비스[•]를 보고 인류애가 샘솟았어요, 경관님!"

제시가 외쳤다. 시린을 시작으로 우리 모두 웃음을 터뜨렸다. 경찰관은 고개를 절레절레 흔들며 계속 순찰을 돌았다. 제시는 텍사스 주의 따분한 보수주의자들을 깜짝 놀래길 즐겼다. 아마 그것이 우리가 친구이면서 제시와 제이컵이 친구가 아닌 이유 중 하나였다.

"지금 우리를 쏙 빼놓고 오스틴 시티 리미츠 뮤직 페스티벌이 열리고 있다는 게 믿겨?"

나는 아직 가시지 않은 페퍼로니와 토마토소스 냄새에서 주의를 완전히 돌리고 싶어서 물었다.

"안 믿겨! 그딴 짓을 봐주는 건 이번이 마지막이야. 내년부턴 어림도

• 남북전쟁 당시 남부연합을 이끈 대통령.

없어."

제시가 선언했다. 나는 환하게 불 켜진 의사당 경내에서 친구들을 바라봤다. 아무리 곳곳에 감시의 눈이 있어도 이 광활한 공간이 우리 것만 같았다. 내년 뮤직 페스티벌 무대에 누가 설지, 그곳에 우리가 어떻게 갈지 떠올리는 동안 모든 게 무한하게 느껴졌다.

# 오전 10시 27분

텍사스 주의회 의사당 부지는 오스틴 시내의 네 블록을 차지한다. 중앙에는 미국 국회의사당과 비슷하게 생겼지만 더 큰(텍사스의 자랑이다) 분홍빛 석회암 건물이 있다. 건물 주변에는 통행로, 지하와 증축 건물들로 이어지는 입구, 가뭄에 시달리는 오스틴에서 드물게 푸릇푸릇한 잔디밭이 있다.

내 기억 속 의사당은 드넓은 잔디밭이 딸린 따분한 구식 건축물일 뿐이었는데, 오늘은 사람들이 온갖 군데 가득 차 있었다.

곳곳에 시위대, 주 경찰, 기마경찰이 보였다. 피켓을 들고 구호를 외치는 무리를 지나면서 나는 자전거 속도를 늦췄다. '내 몸, 내 선택!', '법안을 폐기하라!' 같은 피켓 문구들이 눈에 들어왔다. 브이 포 벤데타 가면을 쓴 머리 긴 남자는 '릭 페리•는 물러가라'라고 적힌 피켓을 들고 있었다.

귀에서 이어폰을 뺐다. 주변 소음 때문에 음악이 거의 들리지도 않았

• 제47대 텍사스 주지사(2000~2015년). 독실한 기독교 신자로 임신 중단을 반대하고 총기 소유에 찬성하는 등 공화당 지지 세력인 백인 보수층을 대변해 왔다.

다. 건물 계단 근처에서 한 무리가 외쳤다.

“여성의 운명은 교회도, 정부도 아닌 여성 스스로 결정해야 한다!”

길가에서 또 다른 무리가 외쳤다.

“여성의 권리가 위협받고 있다. 일어나 싸우자!”

나는 자전거를 끽 멈췄다. 가만 보니 캐시가 말한 이 ‘시위’에는 상반된 관점이 있었다.

누가 어느 편인지는 쉽게 파악할 수 있었다. 시위자들은 서로 다른 축구팀을 응원하는 것처럼 색깔을 맞춰 옷을 입고 있었다. 피켓을 흔들며 여성 인권을 외치는 사람들은 주황색, 그들을 경멸하듯 노려보는 사람들은 파란색 옷을 입었다. 캐시는 자기가 파란 옷을 입었다고 했다. 그건 내가 아는 한 가지, 캐시가 거의 수녀급으로 독실한 가톨릭 신자라는 사실과 일치했다.

나무에 자전거를 매고 건물 쪽으로 걸어갔다. 문득 어릴 때 아빠와 텍사스대 풋볼 경기를 보러 갔던 기억과 함께 생각하기 싫은 일들이 연달아 떠올라서 뇌를 재부팅하듯 도리질 쳤다.

의사당 내부에 들어가 본 것은 견학 때뿐이었지만 입구를 찾는 건 어렵지 않았다. 이미 사람들이 길게 줄을 서서 입장하고 있었다. 대략적인 인원수를 파악하는 건 불가능했다. 내 앞에는 50명쯤 있었는데, 오늘 모인 사람 중 일부에 불과했다. 시위 인파는 수백 명은 돼 보였고 주황색이 파란색보다 압도적으로 많았다. 캐시가 나한테까지 전화한 것도 무리가 아니었다. 남녀노소, 다양한 피부색이 섞여 있었다. 이윽고 내부에 들어서자 파란색 반소매 셔츠에 넥타이를 맨 남자 두 명이 눈에 띄었다. 그중 턱수염을 기른 남자는 캠코더를 들고 주황색 옷을 입은 사람들을 촬영하고 있었다. 주황 옷 사람들은 남자가 자신에게 총을 겨누기라도 한 것처럼 반응했다.

"그 물건 내 얼굴에서 치워요. 우리 권리를 빼앗으려는 주제에 무슨 양심으로 초상권까지 침해해요?"

한 중년 여자가 야멸차게 말했다. 턱수염은 끝까지 캠코더의 방향을 유지하며 안쪽에서 찬송가를 부르는 파란 옷 무리를 향해 뒷걸음질 쳤다. 그러자 나보다 몇 살 많아 보이는 주황 옷 여자가 대뜸 달려들어 캠코더 렌즈에 대고 "사탄 만세!" 하고 외쳤다. 턱수염이 렌즈를 친구에게 돌리자 친구가 리포터처럼 말했다.

"죽음의 숭배자가 제 주인을 찬양하네요!"

땀에 좀 절긴 했어도 나는 흰색 티셔츠를 입어서 천만다행이었다.

보안검색대의 줄은 짧고 빠르게 이동했다. 그때 내 뒤쪽에서 나타난 정장 차림의 남자가 줄을 건너뛰고 경호원에게 웬 신분증을 내보이며 말했다.

"CHL이요."

"입장하세요."

경호원이 말했다. 내 앞에 주황 옷을 입고 선 엄마 또래의 여자가 고개를 절레절레 흔들었다.

"기가 막혀서."

"왜요?"

내가 물었다.

"CHL은 권총 소지 허가증이야. 우리는 출입할 때마다 보안검색대를 통과해야 하는데, 저 남자는 대놓고 총을 들고 들어간 거야."

그 사실에 기가 막혔다니, 텍사스에 온 지 얼마 안 된 모양이었다. 나는 대충 호응하는 척했다. 곧 내 차례가 되어 주머니를 비우고 검색대를 통과했다.

바구니에서 핸드폰을 꺼낸 뒤 캐시에게 문자로 도착했다고 알리자 답장이 왔다.

'잘됐다. 근데 누구?'

맥이 탁 풀렸지만, 이해는 됐다. 오늘 아침에 나에게 연락하기까지 얼마나 많은 전화와 문자를 돌렸겠는가? 나는 답장으로 신원을 밝히고 어디로 가면 되느냐고 물었다. 캐시는 로턴더 3층에서 줄을 서고 있다고 했다.

"저기요. 혹시 로턴더가 어디인지 아세요?"

나는 핸드폰을 들여다보고 있는 한 여자에게 물었다. 여자는 대뜸 두 팔을 벌리고 온 지구를 가리키듯 한 바퀴 돌았다.

"밖에서 본 둥근 돔 있죠? 그게 로턴더예요. 그쪽은 지금 그 안에 있고요."

아하. 나는 가장 가까운 계단을 찾았다. 사람이 너무 많아서 계단을 오르기 힘들었다. 마치 점심시간에 학교 식당으로 이동하는 기분이었다. 나는 애써 좁은 틈을 비집고 나아갔다.

3층에 도착해서 캐시와 캐시가 불러 모았을 애들을 찾아 두리번거렸다.

먼저 눈에 띈 건 '텍사스 여성의 편'이라고 적힌 피켓과 현수막을 든 주황색 무리였다. 파란 옷을 입은 남자도 몇 명 보였다. 내 또래인 듯한 그들은 '생명'이라고 적힌 빨간 테이프를 입과 두 손바닥에 붙인 채 팔을 45도 위로 뻗고 있었다.

갑자기 제시가 몹시 그리웠다. 만약 우리가 아직 친구고 지금 같이 있었다면, 나치 경례와 매우 흡사한 이 남자들의 자세를 보고 제시가 뭐라고 했을지 궁금하다. 우리가 학교 점심시간에 임신 중단에 관해 이러쿵저러쿵 이야기한 적은 없으니까. 하지만 나는 곧 제시 생각을 머릿속에서 밀어냈다. 지난 몇 달간 제법 능숙해진 일이었다.

새삼 이 많은 인파가 놀라웠다. 여름 방학이 한창인 화요일에 내 또래들은 이런 활동을 하는 모양이었다. 불볕더위에 친구들을 불러 모아 색깔 맞춘 옷을 입고, 입에 테이프를 붙이고, 피켓을 들고, 낯선 사람들에게 악을 쓰고. 나로서는 집에 처박혀 똑같은 하루를 보내는 것보다 흥미로웠다. 집에서 보내는 시간이 아주 따분하지 않았더라도(그리고 캐시 라미레즈와 어울린다는 사실에 설레지 않았더라도) 사람들의 비장한 열기에 덩달아 들뜨는 기분이었다.

'생명' 테이프로 입을 막은 남자들을 지나치자 드디어 캐시의 긴 흑발과 황갈색 피부가 눈에 들어왔다. 비록 고개를 숙이고 핸드폰에 시선을 고정한 채였지만, 파란 반소매 원피스를 입은 모습이 무척 예뻤다. 놀랍게도 캐시는 주황 티를 입은 사람들에 둘러싸여 혼자 있었다. 친구들은 다 어디 가고?

# 오전
# 10시 43분

나는 주황 군단을 지나 캐시에게 다가갔다.

"안녕."

어수룩한 인사에도 캐시는 날 보고 활짝 웃었다.

"왔구나!"

캐시는 마치 늘 그랬다는 듯이 두 팔 벌려 날 안았다. 얼어붙은 나는 겨우 캐시의 어깨를 가볍게 두드린 다음 몸을 뒤로 물렸다. 자연스러웠어, 알렉스.

"와 줘서 진짜 고마워."

캐시가 핸드폰을 가방에 넣으며 말했다. 아는 사람을 만나서 안도한 기색이었다. 하긴 여기서 혼자 파란 옷을 입고 있으면 위축될 만도 했다.

"저기요, 새치기한 거 아니죠?"

뒤에서 들려온 목소리에 돌아보니 주황 옷 세 명이 날 쏘아보고 있었다. 20대로 보이는 남자 한 명과 여자 두 명이었다.

"다들 몇 시간 동안 줄 서서 기다렸거든요."

남자가 덧붙였다. 그제야 내가 캐시를 찾는 데 눈이 멀어 1층에서부터 계단을 따라 이어진 줄을 앞질러 온 걸 깨달았다. 캐시는 날 향해 스치듯 눈알을 굴리고는 빙그레 웃어 보였다.

"물론 아니죠, 친구가 그냥 인사하러 온 거예요."

남자는 팔짱을 끼고 콧김을 내쉬며 자기 무리로 돌아갔다.

"대박. 미쳤다. 이렇게까지 할 일이야?"

내가 캐시에게 속삭였다.

"말도 마, 다들 돌았어. 나 여기서 지난 공청회 두 건 참석했는데 광란의 도가니였어."

"너…… 여기 혼자 있는 거야?"

"응. 뭐, 거의. 우리 아빠랑 새엄마는 잠깐 있다가 일하러 갔어. 성당에서도 몇 명 오긴 했는데, 이런 화창한 여름날 의미 있는 일에 참여하게 만들기가 쉽지 않아. 다들 바턴 스프링스•에 물놀이하러 가고 싶어 하지."

"하긴."

"하지만 넌 와 주었잖아. 너라면 와 줄 줄 알았어."

정말? 캐시가 왜 그렇게 생각했는지 모르겠지만, 날 조금이라도 생각했다는 사실 자체가 기뻤다.

뭐라고 해야 할지 몰라 "더 오겠지" 하고 중얼거리자 캐시가 웃으며 고개를 저었다.

• Barton Springs. 텍사스 주 오스틴에 있는 야외 천연 수영장.

“우리밖에 없을걸. 하지만 넌 내가 필요할 때 항상 곁에 있어 줬지.”

캐시가 날 다른 알렉스와 혼동한 게 아닐까? 다른 애한테 문자를 보낼 걸 나한테 잘못 보냈나? 하지만 아까 날 반갑게 안았고 지금 날 똑바로 보고 있는 걸 보니 내가 오길 기대한 게 분명했다. 아니면 날 보고 놀랐는데 우아하게 숨기고 있는 걸까? 그렇다면 정말 대단한 애였다.

캐시는 싱긋 웃으며 내 팔뚝에 살포시 손을 얹었다.

“기억 안 나지? 하긴 너한테는 별 의미 없었을 테니까. 4학년 때 기억해? 우리 성 가브리엘 다닐 때?”

당연히 기억한다. 캐시가 기억하는 게 믿기지 않을 뿐이었다.

성 가브리엘은 내가 유치원부터 4학년까지 다닌 학교다. 캐시는 거기서 중학교까지 마쳤다. 그때도 우린 노는 물이 달랐다. 캐시는 늘 인기가 많았고 나는 점심시간에 혼자 그림을 끄적거릴 장소를 찾는 애였다. 캐시는 밸런타인데이에 반 전체에 일일이 쓴 카드를 전하기도 했다. 캐시가 누구에게나 똑같이 친절하다는 걸 알면서도 열 살의 나는 마음을 뺏겼다.

“내가 엄마랑 언니를 잃고 막 학교에 돌아왔을 때였어. 선생님들이 엄청나게 잘해 줬지. 친구들도 잘해 주긴 했지만, 다들 내가 다시 유쾌한 캐시로 돌아오길 원했어.”

“그래. 그래서 점심시간마다 음악실을 찾았지.”

캐시가 선생님한테 학교 식당에 가기 싫다고 말하는 걸 우연히 듣고, 혹시 도움이 될까 해서 캐시에게 음악실에서 점심을 먹어도 된다고 말했다. 그렇게 우리는 몇 주 동안 점심시간을 함께 보냈다. 나는 캐시가 제자리로 돌아간 뒤 그 시간을 그냥 잊었을 줄 알았다. 돌이켜 보니 그때 나는 캐시에게 일어난 일을 깊이 생각해 보지 않았다. 가족이 교통사고를 당해 캐시가 한동안 결석하다가 복귀했던 건 아는데, 우리가 속이야기를 나누거나 한 건 아니었다. 4학년은 나에게도 힘든 해였다. 그때 아빠가 실직하면서 집안 분위기가 살얼음판 같았다. 나는 그 몇 주를 그저 내가 좋아하는 애랑 음악실에서 같이 도시락을 먹던 시간으로 기억했다. 그 여자애한테 어떤 시간이었을지는 생각해 보지 않았다.

캐시가 빙그레 웃었다.

"네가 매일 나랑 점심 먹어 줬잖아. 한 번도 나한테서 어떤 모습을 기대하지 않고. 우린 그냥 앉아서 밥을 먹었지. 피아노도 좀 치고."

그러더니 캐시가 얼굴을 붉혔다. 샘 휴스턴• 이 무덤에서 나와 다시 주지사가 되겠다고 나서지 않는 이상 텍사스 주의회 의사당에서 일어날 가능성이 가장 희박한 일이었다.

"난 그때 주로 배트맨을 그렸지. 넌 '월광 소나타'를 칠 줄 알았고."

내 말에 캐시가 활짝 웃었다.

"와 줘서 정말 고마워."

그해 중반에 아빠가 떠났고, 엄마는 더 이상 가톨릭 학교 등록금을 감당할 수 없었다. 만약 그때 내가 성 가브리엘에 계속 남았다면 어떻게 됐을까? 결국 같은 고등학교에서 다시 만나긴 했지만 그 무렵 캐시와 나는 격차가 더 벌어졌다. 캐시는 주류의 극단, 나는 비주류의 극단에 있었다.

---

• 19세기 텍사스 공화국의 초대 대통령이자 전 텍사스 주지사.

성 가브리엘 이후로 오늘까지 우리가 말을 섞은 횟수는 손에 꼽을 정도였다. 하지만 나는 성 가브리엘을 떠나서 제시를 만났고, 내 무리를 찾았다. 아빠가 떠나서 유일하게 잘됐다고 생각하는 일이다. 안 그랬다면 나는…… 뭐, 아마 바로 지금처럼 캐시의 그저 그런 친구 중 하나로 여기 의사당에 함께 있었을 거다.

"나도 잘 온 것 같아."

진심이었다. 최근에 사람들을 실망시키기만 했는데 이렇게 누군가의 기대에 부응하게 되어서 기분이 좋았다. 그래도 내가 여기 뭘 하러 왔는지 확신할 수 없어서, 내친김에 까놓고 물어보기로 했다.

"실은, 나 여기서 무슨 일이 벌어지는지 잘 모르거든. 이게 웬 난리야? 여기 원래 이래?"

나는 우리를 둘러싼 혼돈을 향해 두 손을 내둘렀다. 조금 전 시비를 걸었던 남자와 눈을 마주치지 않으려 애쓰면서. 캐시가 웃었다.

"맙소사, 아니, 전혀 아니야, 알렉스. 하지만 이건 정말 중요한 법안이야. 임신 말기 중단을 막고, 중단 시술도 번듯한 병원에서만 할 수 있도록 할 거야. 통과되면 텍사스 내 임신 중단 시술소 수가 40개쯤에서 5개쯤으로 줄어들 거래. 그 사람들 말로는."

캐시가 내 이름을 입에 담자 내 얼굴에 훅 열이 끼쳤다. 달리 무슨 말을 해야 할지 몰라서 물었다.

"그 사람들?"

"응, '저쪽' 사람들."

캐시가 속삭이며 줄을 선 사람들을 향해 아주 작게 손짓했다. 그러더니 내 쪽으로 몸을 더 가까이 기울였다.

“주황 옷들 말이야. 듀허스트가 법안을 밀어붙이고 있는데…….”

“듀허스트?”

“듀허스트 부지사. 상원의장이라서 다들 ‘의장님’이라고 불러. 오늘 책임자야. 이 법안이 통과되면 텍사스에서 죽는 아기가 엄청나게 줄어들 거야.”

캐시가 말한 뒤 가쁜 숨을 내쉬었다.

“그럼 주황색은 모두 이 법안에 반대하고 파란색은 찬성하는 거야?”

“응. 지난주에 다른 건물에서 공청회가 있었는데, 수백 명이 증언하러 나왔어. 시간을 끌려고.”

“시간을 끈다는 게 무슨 뜻이야?”

“정치에는 이상한 규칙이 너무 많아!”

캐시가 웃고는 말을 이었다.

“오늘이 입법 회기 마지막 날이거든. 우리 편 상원의원들이 오늘 밤 자정까지 이 법안을 통과시키지 못하면 법안은 물 건너가.”

“그럼, 뭐, 텍사스 주의회는 오늘까지 숙제를 끝내야 하는 거야?”

주 상원의원들의 마음이 이보다 공감 간 적이 없었다.

“기본적으로는 그래. 이렇게 오래 걸리지 않아야 했는데, 지난주에 주황 옷이 한꺼번에 나타나서 임신 중단권을 지지하는 이유에 대해 증언하는 바람에 절차가 지연됐어. 최대한 시간을 끌어서 법안 통과를 막으려는 전략이었지. 하지만 우리 쪽 대표가 상황을 파악하고 증언을 중단시켰어."

"헉."

나는 정치에 관심을 기울인 적 없지만(우리 엄마는 공화당에 투표하고 제시의 엄마는 민주당에 투표한 것 정도만 안다), 캐시 말대로라면 이 상황은 마치 『왕좌의 게임』에서 티리온* 이 세운 계략을 리틀핑거** 가 저지하고 있는 모양새였다.

"대박이지? 오늘이 회기 마지막 날이니 법안이 통과될 수 있는 마지막 날이야."

캐시는 주황색 편에 관해 이야기할 때마다 내게 몸을 가까이 기울였다. 좋은 냄새가 났다. 허니서클 꽃향기가 살짝 가미된 라벤더 같았다.

"그러면…… 주황색은 그걸 저지하려는 거야?"

내가 몸을 기울이자 캐시도 더 다가왔다. 나는 캐시의 향기와 큰 갈색 눈망울에 넋을 잃지 않으려 애쓰며 말했다.

"응. 오늘 밤 자정까지 통과되어야 하는데, 민주당 주 상원의원이 법안에 맞서 필리버스터를 할 예정이야."

캐시가 설명했다. 이렇게 가까이 있는 것만으로도 얼굴이 달아오르는데, 날 보고 웃기까지 하니 더욱 곤혹스러웠다. 당장이라도 내 마음을 눈치채고 정곡을 찌를 것 같았다. 하지만 캐시는 그저 "필리버스터가 뭔지 알지?"라고 물었다.

---

• 『왕좌의 게임』에 등장하는 주요 인물로, 뛰어난 책략가.

•• 『왕좌의 게임』에 등장하는, 음모와 권모술수에 능한 인물.

"전에 들어 보긴 했는데."

다행히 캐시는 내가 주의회 절차에 대해 잘 모르는 게 부끄러워서 얼굴이 빨개졌다고 생각한 모양이었다.

"법안을 저지하는 수법이야. 치트 키처럼 말이야. 입법 회기가 끝날 때까지 표결이 이뤄지지 않도록 장시간 발언하는 행위지. 이 법안은 오늘 반드시 통과시켜야 하는데, 그 민주당 상원의원, 웬디 데이비스가 표결을 막으려고 일어나서 끊임없이 발언할 작정이야. 자정까지."

"미친."

나도 모르게 거친 말이 나와서 급히 입을 다물었다. 하지만 캐시는 개의치 않는다는 듯 미소를 지으며 내 팔에 부드럽게 손을 얹었다.

"내 말이. 웬디 데이비스는 수월하게 시간을 끌 요령이 있어. 임신 중단 지지자들의 편지를 읽거나 다른 상원의원들의 질문을 받거나 하면서 말이야. 그래서 우리가 여기 있는 게 중요한 거야. 우리가 더 많이 모일수록 웬디 데이비스가 고개를 들기 불편해질 테니까. 그 여자가 보는 모든 파란색 옷은 이게 아기들이 걸린 문제란 걸 상기시킬 거야."

나는 고개를 끄덕였다. 여기서 파란색이 수적으로 심각하게 열세라는 사실을 지적하고 싶지 않았다. 또한 내 티셔츠가 흰색이라는 사실에 주의를 끌고 싶지도 않았다.

그래도 캐시는 알아차렸다.

"모지에 신부님한테 갔다 와. 지하층 어딘가에 계실 거야. 저기 저 티셔츠 한 상자 가지고 계셔."

캐시는 내가 일요일마다 빠지는 성당의 신부님 이름을 언급하고는 '텍사스 여성 보호'라고 적힌, 파란색 티를 맞춰 입은 가족을 가리켰다.

"금방 갈게. 그런데 이거 어디로 입장하는 줄이야?"

"상원 본회의장 방청석. 웬디 데이비스가 필리버스터를 하는 동안 날 똑똑히 보게 할 거야."

목소리에 사나운 기운이 서렸지만, 캐시는 곧 서슬을 누그러뜨렸다.

"난 그 여자가 나쁜 사람이라고 생각 안 해. 주황 옷을 입은 사람들도 마찬가지고. 그저 충분히 고민을 안 해 본 것 같아. 적어도 아기의 관점에서 생각해 본 적은 없을 거야."

밖에 있는 사람들은 모두 서로를 향해 아기 살인자라느니 여성의 권리를 빼앗는다느니 고함지르느라 바빴다. 그런데 내 눈앞의 이 여자애는 누구도 모욕하지 않고 사려 깊게 이 상황을 받아들이고 있었다. 학교에서 제일 예쁜 애가 인품까지 뛰어나기는 정말 어렵지 않나?

게다가 캐시는 나를 좋은 애라고 믿는 눈치였다. 썩 이해는 안 가지만 초등학교 4학년 때의 나는 정말 그랬을지도 모른다. 어쨌거나 자신이 중요하다고 생각하는 일에 적극적으로 나서는 이 멋진 여자애가 나를 좋은 사람이라고 생각해서 오늘 아침에 전화했다면, 내게도 그런 사람이 될 가능성이 있다는 것 아닐까?

하지만 그런 사람이 되는 일은 쉽지 않았다. 줄이 이동하기 시작하니 이대로 그냥 새치기할까 싶은 유혹이 들었다. 하지만 좋은 사람이 되기로 한 지 30초밖에 안 됐기에, 한 발짝 물러났다.

"뒤로 가서 줄 설게."

캐시에게 말한 뒤 본회의장 문 안쪽을 슬쩍 보니 거대한 공간이 보였다. 아까 올라올 때 500명을 수용할 수 있다는 말을 언뜻 들었다. 그렇다면 나까지 가능할지도?

다시 캐시의 얼굴을 보고 나는 조금 놀랐다. 캐시가 아쉽다는 표정을 짓고 있었다.

"넌 좋은 애야, 알렉스."

안 그래도 노력 중이었는데.

"문 열려 있을 동안은 네 자리 맡아 놓을게. 아래층에서 모지에 신부님한테 파란 티 얻어 와. 이따가 들어오면 같이 앉자. 어때?"

"좋아."

정말 기대됐다.

※※※

## 1학년 초 어느 날

고등학생이 된 지 2주 차의 끝자락, 제시와 나는 특별 임무에 나섰다. 우리는 종례 후 자전거를 타고 시내의 대형 미술용품점에 갔다. 사람이 어떻게 탈까 싶을 정도로 엄청나게 큰 자전거 두 대가 매장 앞에 서 있었다. 아마 전문가용 미술 도구를 사러 온, 개성 강한 미대생들이 타고 왔을 터였다. 우린 둘 다 딱히 예술적 재능은 없었지만 온종일 이어진 제시의 닦달에 따라 나도 작품 하나를 완성해야 했다.

우리가 스프레이 물감을 훔치러 온 길거리 아티스트일까 봐 점장이 유심히 지켜보는 가운데, 통로를 이리저리 돌며 제시가 필요하다고 한 물품을 집어 들었다. 공예용 칼, 색지, 노끈, 알파벳 도장, 초강력 접착제 등이었다. 계산을 마치고 가방을 챙겨 자전거에 올랐다.

제시의 집에 도착해서 우리는 곧장 집 뒤편 차고 건물로 올라갔다. 초등학교 5학년 때부터 무수한 시간을 함께 보낸 우리의 아지트였다. 문 앞에 이르자 바비가 남긴 쪽지가 있었다. '폰 압수당함. 이따가 밤에 빠져나올 수 있으면 다시 올게.'

우리보다 한 살 많은 바비는 몇 블록 떨어진 아파트에서 아빠와 함께 살았는데 그해 여름 우리와 친구가 됐다. 바비의 아빠는 아들을 엄격히 훈육하는 척 학대를 일삼았다. 제시의 아빠는 일찍 돌아가셨고 우리 아빠는 술을 못 끊어서 집을 떠났지만 제시와 나는 바비가 부럽지는 않았다.

제시가 뒷주머니에 쪽지를 쑤셔 넣고 문을 열었다. 우리는 사 온 재료들을 낡은 커피 테이블 위에 쏟아부었다.

"자, 이제 유튜브에서 본 대로 만들면 돼."

제시가 말했다. 중학생 때 우리는 이 커피 테이블에 앉아 우리만의 만화를 그리곤 했다. 자세나 구도 등은 도서관에서 빌린 만화책을 베끼긴 했지만 말이다. 그때 우리는 배트맨, GTA 게임, 유튜브에서 본 웃긴 영상을 주제로 떠들었다.

하지만 고등학교에 올라가면서 주된 대화 주제는 여자애들이 됐다. 중학교 시절엔 우리 둘 다 인기 최하위권이었지만 마지막 여름 방학 때 제시의 키가 훌쩍 크고 피부가 깨끗해지면서 갑자기 여학생들이 말을 붙여 오기 시작했다. 하지만 제시가 말을 섞고 싶은 여자애는 그해 여름 댈러스에서 오스틴으로 이사 온 시린 드한이 유일했다. 제시는 눈을 반짝이며 날 설득했다. 90년대 영화에서처럼 각자 좋아하는 여자애한테 믹스테이프를 만들어 주자고. 물론 요즘 세상에 카세트 플레이어를 가진 사람은 없으니, 제시의 계획은 '카세트테이프 모양 USB'를 만드는 것이었다. 오래된 카세트테이프를 분해해 슬롯을 만들고 USB 드라이브를 물리적으로 접목하는 것. 그게 바로 공예용 칼과 접착제의 용도였다. 색지와 노끈, 알파벳 도장은 감성적인 앨범 재킷을 만들 재료였다.

제시한테는 훌륭한 계획이었다. 시린은 예술가 기질이 있어서 그런 고백 방식에 감동할 것 같았다. 시린과 제시는 이미 일주일 내내 방과 후에 함께 어울렸으니 시린도 제시에게 마음이 있는 게 분명했다.

"너도 하나 만들어서 캐시 라미레즈한테 줘."

제시가 그날 아침 자기 계획을 말하면서 덧붙인 말이었다. 나는 수업 내내 고민했다. 캐시 라미레즈는 어떤 음악을 좋아할까? 가톨릭 음악일 것 같긴 했지만 일단 떠오르는 대로 연습장에 끄적였다. 그러다 점심시간에 친구들과 앉아 있는 캐시 라미레즈를 보고 내가 카세트테이프 모양 USB를 건네는 상황을 상상해 보았다. 우리는 초등학교 이후로 두어 마디도 주고받은 적 없었다. 아무래도 무리일 것 같았다. 내 머릿속에서 캐시는 늘 '캐시 라미레즈'로 통할 만큼 우린 먼 사이였다. 그 애를 좋아하는 건 테일러 스위프트를 좋아하는 것과 비슷한 일이었다.

"너무 뜬금없지 않을까?"

나는 공예용 칼의 포장지를 까며 착잡하게 말했다.

"야! 너 걔 가톨릭 학교 다닐 때부터 좋아했잖아. 큰맘 먹고 고백할 때 됐어."

"그럴지도. 근데 걔는 시린이 아니잖아. 캐시 라미레즈는 여름 방학 때 아이티에서 집 짓기 봉사활동을 하는 남자들한테 끌릴 것 같은데."

"여름을 멋지게 보내는 방법이긴 하네."

제시는 카세트테이프를 요리조리 살피며 말했다.

"과연 우리한테 목수의 자질이 있을까?"

나는 테이프의 측면 접합부를 찾아서 그 틈에 칼을 비집어 넣고 비틀었다. 껍데기가 툭 열렸다.

"봐! 이건 계시야."

제시가 말했다. 제시도 칼로 자기 테이프를 비틀어 열었다.

"플레이리스트는 완성했어?"

내가 물었다. 작업은 순조로웠지만 여전히 확신이 안 섰다. 그저 시린을 위한 제시의 계획으로 화제를 돌리고 싶었다.

"어, 대충. 내 취향이 마음에 들었으면 좋겠다."

제시와 나는 이제 막 음악 취향을 찾아 가는 중이었다. 이때까지 우리는 거의 모든 음악 지식을 바비에게서 얻었다. 음악에 푹 빠진 바비는 우리에게 주말 내내 들을 만한 명곡들을 USB에 담아 주곤 했다.

"뭐 뭐 담았는데?"

"요즘 노래랑 옛날 노래 섞었어. 그래야 내가 음악을 좀 안다고 생각할 거 아니야. 더 내셔널, 조이 디비전, 세인트 빈센트, 더 큐어, 밴드 오브 호시스, 닐 영."

시린이라면 좋아할 테지만, 내가 캐시 라미레즈에게 세인트 빈센트나 조이 디비전의 곡을 들려준다고 상상하니 테이프를 전달할 가능성은 더욱 멀어졌다.

"틀어 봐 봐."

"그럼 네가 한번 들어 보고 어떤지……."

그러더니 제시는 고개를 저었다.

"아냐, 오글거려. 네 거부터 듣자."

"그러지 뭐."

선뜻 나온 대답에 나도 놀랐다. 나는 7교시쯤 플레이리스트를 대강 완성했다. 기성 음악을 빌려 좋아하는 여자애한테 고백한다는 발상이 마음에 들었다. 나는 목소리를 내는 데 젬병이니까. 하지만 막상 핸드폰을 스피커에 연결하면서, 나는 이게 내가 할 수 있는 최대치라는 걸 알았다. 캐시 라미레즈에게 마음을 전할 깜냥은 없지만 제시에게 들려줄 수는 있었다. 나는 앱을 열어 내 선곡 목록을 재생했다.

〈히어 컴스 더 선〉의 기타 반주가 시작되자마자 나는 얼굴이 달아올랐다. 캐시 라미레즈의 음악 취향을 전혀 몰랐기에 재생 목록은 비틀스, 콜드플레이, 뱀파이어 위켄드 등 모두가 좋아하는 밴드의 곡이 대부분이었다. 제시가 고개를 끄덕였다.

"좋네, 명곡. 안전하지."

제시의 인정에도 나는 그 곡을 건너뛰었다. 〈픽스 유〉도, 〈홀리데이〉도 건너뛰었다. 나는 제시에게조차 이 플레이리스트를 들려주기 어렵다는 걸 깨달았다. 포스털 서비스의 〈서치 그레이트 하이츠〉의 통통 튀는 듯한 전자음 반주가 흘러나오자마자 나는 스피커에서 핸드폰을 분리하려고 손을 뻗었다.

"가만있어 봐!"

제시가 인상을 썼다. 우리는 잠시 선 채로 노래를 들었다. 얼굴의 점 위치가 똑같은 사람과의 만남이 운명이라는 노랫말이 흘러나왔다. 제시가 피식 웃었다.

"와, 너 걔한테 진짜 홀딱 반했구나?"

나는 웃음을 터뜨렸다.

"난 걔한테 절대 이거 전달 못 해. 알지?"

제시는 고개를 끄덕였다. 실망했는지는 모르겠지만 진지한 기색이었다.

"언젠가는 꼭 고백하기다, 알았지?"

## 오전
# 10시 55분

제시가 지금 캐시와 함께 있는 날 봤다면 하이파이브를 해 줬을 거다. 하지만 그건 불가능하기에 혼자라도 최선을 다하기로 했다. 캐시 라미레즈와 계속 어울리기 위해 파란색 티셔츠를 입어야 한다면 기꺼이 입을 생각이다.

그런데 사람이 너무 많았다. 상원 방청석이 아무리 넓어도 과연 나까지 들어갈 수 있을지 의문이 들었다. 2층 로턴더에도 사람들이 원을 그리며 줄을 서 있었다. 나는 그 수를 헤아리다가 200명쯤에서 포기했다. 캐시가 입장할 때 이미 방청석이 절반이나 차 있던 것이 떠올랐다. 이런.

캐시 옆에 앉지 못할 거면 굳이 신부님을 찾아 파란 티를 얻어 입을 필요가 있나? 하지만 이미 약속을 했고, 대안이라고는 다시 자전거를 타고 땀을 뻘뻘 흘리며 집에 가서 새벽 1시까지 게임이나 하는 것이었다. 결국 나는 모지에 신부님을 찾으러 가기로 했다.

단체 견학으로는 이곳의 진정한 규모를 알 수 없다. 견학생들은 대부분 로턴더, 상원과 하원 회의장 정도를 눈으로 훑고 나서 거의 다 본 듯한 기분으로 구내식당에서 점심을 먹는다. '저기가 사무실이 모인 곳이야' 하고 누군가가 알려 주지만, 정작 그곳에서 일하는 사람들에게는 관심이 없고 친구들과 장난을 치거나 이성에게 잘 보이는 데 열중한다. 학생들에게 이곳은 실제 주 정부 업무가 이루어지는 곳이라기보다 그저 대리석 바닥과 두껍고 짙은 나무문이 딸린 오래된 석회암 건축물이다(투어 가이드가 석회암의 역사를 20분가량 설명해 준다). 역대 텍사스 주지사의 초상화를 보면서도 우스꽝스러운 콧수염에 집중할 뿐 그들이 실제로 여기서 무슨 일을 하는지까지는 생각이 닿지 않는다.

입법 과정은 어떤 모습일까? 지금만 놓고 보면, 방청석 입장을 거부당한 사람들이 실망한 표정으로 발걸음을 돌리는 모습처럼 보였다. 나는 웬 정치인이 혼자 임신 중단에 관해 떠들어 대는 걸 보려고 수백, 어쩌면 수천 명이 주의회 의사당에서 하루를 보내기로 했다는 사실이 좀처럼 믿기지 않았다.

주의회 의사당에는 회의장과 사무실이 있는 지상층 외에 지하층도 있었다. 지하에서 무슨 일이 진행되는지 몰라도 캐시는 모지에 신부님이 거기 있다고 했다.

나는 파란 옷을 입은 사람들과 함께 엘리베이터를 기다렸다. 아까 봤던 캠코더를 든 턱수염과 그의 친구도 있었다. 띵 하고 엘리베이터가 도착해 문이 열렸다. 만석이고, 탑승객은 모두 주황 옷이었다. 그들은 파란 옷을 보고 표정이 썩었으나 자리를 좁혀 여유 공간을 만들고 닫히려는 문을 막았다. 하지만 턱수염은 고개를 저으며 말했다.

"다음에 탈게요."

나는 이 남자들과 싸잡혀 불쾌한 시선을 받고 싶지 않아서 냉큼 엘리베이터 안에 들어섰다. 그런데…… 세상에서 가장 불쾌한 시선을 받았다.

시린 드한에게서.

마치 '네가 여기 왜 있냐'라고 쏘아붙이는 듯한 눈빛이었다. 나도 '누가 할 소리'라는 눈빛으로 맞받아쳤다. 시린은 목 부분을 넓게 자른 짙은 주황색 티를 입고 있었다. 생식 기관 모양 디자인에 '와서 가져가'라는 문구가 적혀 있었다. 텍사스 독립 전쟁 당시 선전 문구를 패러디한 것이었다. 시린은 엘리베이터에서 어린이 다음으로 가장 작았다. 여전히 150센티미터를 겨우 웃도는 듯했다. 짧고 검은 곱슬머리 사이로 검은 눈동자가 나를 노려봤다.

"여기서 뭐 하냐? 이것도 사회봉사의 일환인가 보지?"

시린이 이죽거렸다. 시린과 같은 공간에 있다는 사실만으로 심장이 마구 뛰었다. 나는 동요하지 않는 척하려고 애썼다. 어서 이 엘리베이터에서 벗어나고 싶었다.

"주 정부가 어떻게 돌아가는지 보러 왔어. 시민들이 입법 절차에 어떻게 참여하는지 궁금해서 말이야."

나는 최대한 느릿느릿 말했다. 엘리베이터가 덜컹거리며 지하 1층 문이 열렸다. 별의별 소리로 시간을 끌어야 하는 건 웬디 데이비스만이 아니었다. 운이 따라 준다면 이게 시린과 나누는 마지막 대화가 되겠지.

시린이 냉큼 엘리베이터에서 내렸다. 나만큼이나 이 조우가 불편해 보여서 다행이었다. 나는 시린과 다시 마주칠 가능성을 줄이고자 다음 층에서 내리기로 했다.

지하 2층에서 내리자 턱수염과 친구가 뒤따랐다. 주황 옷들의 곱지 않은 시선이 신경 쓰여 나는 턱수염 일행으로 보이지 않으려고 속도를 조절했다. 우연히 같은 층에 내렸을 뿐이라는 듯 시선을 먼발치에 두고 걸었다. 학교 복도에서 시비가 걸리지 않도록 연마한 기술이었다. 다시 시린을 피하고 있어서 그런지 학교에 와 있는 기분이 들었다.

걔가 대체 여기 왜 왔지? 생각하다 깨달았다. 물론 왔겠지. 시린은 원래 정치에 관심이 많다. 작년에 제시와 나를 부추겨 오바마 선거 운동에 동참하게 했고(제시의 엄마가 아주 좋아했다) 학교에 이런저런 청원서를 들고 와서 모두에게 서명하게 했다. 사실, 지난 1년간 별일이 없었다면 나도 시린을 따라 여기 왔을 가능성이 컸다.

하지만 나는 캐시가 불러서 왔고, 모지에 신부님에게 파란색 티셔츠를 얻어서 합류하겠다고 캐시와 약속했다. 복도 끝, 바깥으로 통하는 문 근처에 내가 얻어야 할 파란 티를 입은 사람들이 보였다. 그쪽으로 가니 펑퍼짐한 몸집에 숱 적은 머리칼과 콧수염의 모지에 신부님이 보였다. 그를 둘러싼 성당 사람들이 플래카드를 들고 "생명 존중! 낙태 반대!"라고 외치고 있었다. 다들 날 보고 반기는 기색이었지만 나는 아까 따가운 눈총을 받은 기억 때문에 그저 옆걸음으로 지나쳤다. 2학년 때 담임이었던 레스너 선생님이 나를 발견하고 활짝 웃었다.

"알렉스, 잘 왔다."

선생님의 말에 나는 미소로 화답했다.

"티셔츠 필요하니?"

모지에 신부님이 날 보고 물었다. 나는 고개를 끄덕였다. 신부님은 눈대중으로 내 체격을 가늠했다.

"라지?"

"미디엄이요."

내 말에 신부님이 상자를 뒤져 미디엄 사이즈를 찾아 내밀었다. 하지만 내가 손을 뻗자 바로 내어주지 않았다.

"요즘 주일에 잘 안 보이더구나."

"구석에 앉아 있었거든요."

나는 옅게 웃으며 어깨를 으쓱했다. 신부님에게 이렇게 뻔뻔하게 거짓말을 할 수 있다니 아무래도 나는 가톨릭 신자가 아닌 듯했다.

신부님은 웃으며 고개를 끄덕이고 티셔츠를 건넸다.

"이따가 함께 기도하겠니?"

"그럼요."

또 거짓말!

"일단 안에 들어가 캐시 찾아서 같이 나올게요."

신부님은 '그 애가 왜 너랑?'이라는 듯한 표정을 지었다.

"캐시 라미레즈? 참 신실한 아이지."

"네, 맞아요."

달리 할 말이 없었다. 모지에 신부님은 충분히 좋은 분일 테지만 나는 그를 잘 몰랐다. 지금 나눈 대화가 가장 길게 나눈 대화였을 거다. 고해성사 때도 나는 주로 기본 선택지(부모님께 거짓말했어요, 친구들과 노느라 통금을 어겼어요, 욕을 했어요)를 돌려썼고, 신부님은 성모 성가를 몇 번 부르라거나 주기도문을 한두 번 암송하라고 기계적으로 지시하곤 했다.

막 돌아서는데, 주머니에서 진동이 느껴졌다. 캐시의 문자였다.

'네 자리 뺏겼어. ㅠㅠ 그래도 이제 본격적인 시작이야! 점심시간에 연락할게.'

캐시와의 점심! 가슴이 두근거렸다. 나는 파란 티셔츠를 꿰어 입고 셀카를 찍어 캐시에게 문자를 보냈다.

'모지에 신부님 찾았어! 이따 봐.'

다시 복도를 걷는데, 대학생으로 보이는 여자 둘이 대화를 나누며 마주 걸어오고 있었다. 금발 여자는 웃는 얼굴이 정말 예뻤다. 그런데 날 보더니 둘 다 오만상을 찌푸렸다. 물론 둘 다 주황 옷이었다.

한쪽 편에 선다는 건 이런 것이었다.

날 암 덩어리처럼 보는 건 그들만이 아니었다. 나는 원래 어딜 가나 존재감이 미미했는데 지금은 그 기분이 무척 그리웠다. 내 주위의 절대다수인 주황 옷들은 모두 나에게 눈을 흘겼다. 중세 판타지 속 가문의 주적이 된 것만 같았다.

이 사람들과 어울리고 싶은 건 아니지만, 내가 다른 색 티셔츠를 입었다고 해서 이런 식으로 적대감에 노출되기는 싫었다. 적이 되느니 투명 인간이 되는 게 나았다. 내가 지금 캐시 옆에 앉아 캐시를 지지하고 있는 것도 아닌데, 꼭 이 티셔츠를 입고 있어야 하나?

나는 한적한 옆 복도로 피신했다. 신부님과 레스너 선생님의 시야에서 벗어나자마자 나는 파란 티를 홀랑 벗어 가방에 넣었다. 모지에 신부님, 죄송해요. 이다음에 성당에 가면 고해성사할 거리가 생겼다. 다시 복도로 나가니 마치 비디오 게임을 리셋한 것 같았다. 30초 전만 해도 날 혐오하던 사람들이 이제 날 힐긋 보지도 않았다. 아까는 내 티셔츠 색만 본 듯했다. 그게 정치적으로 어떤 의미든 난 그저 눈에 띄지 않아 기쁠 따름이었다. 나는 계단을 올라 지하 1층으로 가 봤다. 아래층보다 훨씬 덜 붐볐지만, 큰 강당 입구에서 몇 명이 서성이고 있었다. 문이 활짝 열려 있길래 강당 안을 들여다봤다. 안쪽에 영화관처럼 대형 스크린이 있었다. 상원 본회의장을 생중계하는 듯했다.

"여긴 뭐 하는 데예요?"

나는 2분 전에 나를 봤다면 눈으로 욕했을 주황 팀 젊은 남자에게 물었다.

"보조 방청석이에요. 필리버스터를 실시간으로 시청할 수 있죠."

남자가 답했다. 대부분 주황 옷인 관객들은 스크린을 보며 큰 소리로 야유했다. 본회의장에서 정치인치고는 젊어 보이는 남자가 법안의 취지를 설명하고 있었다. 임신 20주 이후 중단을 금지하고("우우!"), 모든 시술소가 통원수술센터 수준을 충족해야 하며("우우!"), 의사가 환자를 지역 병원에 입원시킬 권한을 의무화한다고 했다(좋은 것 아닌가? 그런데 더 큰 야유가 터져 나왔다). 그때 의원석 맨 앞에 있던 나이 지긋한 남자가 손을 들었다. 스크린에 이름이 떴다. 데이비드 듀허스트 부지사.

"잠깐 끼어들어도 되겠습니까? 데이비스 의원님, 어제 저에게 필리버스터 신청서 제출하셨죠?"

듀허스트가 물었다. 질문을 받은 사람은 아담한 금발 여성이었다. 그가 웬디 데이비스인 듯했다. 우리 엄마가 떠오르는 인상이었다. 엄마보다 머리가 더 길고 전체적으로 좀 더 세련됐지만, 진분홍색 운동화는 확실히 우리 엄마 취향이었다.

"네, 의장님. 저는 이 법안에 대해 장시간 발언하려 합니다. 감사합니다."

웬디 데이비스가 말했다.

## 오전
# 11시 18분

웬디 데이비스가 발언을 시작하기 전, 데이비드 듀허스트가 무슨 말을 하자('반 데 푸테'라는 의원의 불참에 관한 언급이었다) 내 주변에서 언짢은 소리가 오갔다. 주황 옷을 입은 사람들은 듀허스트를 조금도 곱게 보지 않는 듯했다.

"우리가 어떻게 이날, 이 순간, 이 상원 회의장에서 이 법안에 대해 논의하게 되었는지……."

필리버스터가 본격적으로 시작되니 관객들은 입을 다물었다. 웬디 데이비스가 하는 말은 지루했다. 마치 모든 단어를 다섯 배로 늘려 말하는 것 같았다. 아마 13시간 동안 떠들어야 해서 그러는 것 같았다. 그때 내 근처의 어떤 여자가 자기 딸로 보이는 아이에게 "우린 지금 역사적인 순간을 목격하고 있어"라고 말했다. 정말 그런가 싶어서 나는 발언에 집중했다. 아까 캐시에게 들었던 내용인데, 이 상원의원의 입으로 들으니 전부 단단히 잘못된 것 같았다. 캐시가 이 법안이 임신 말기 중단을 막고, 의사가 환자를 병원에 입원시킬 수 있게 하고, 시술소의 수준을 높일 거라고 말했을 때는 모두 좋은 일처럼 들렸다. 그런데 웬디 데이비스는 이 법안이 우리를 '음지'로 이끌고, 여성과 가족에게 큰 고통을 줄 거라고 말했다. 나는 설마 그럴까 싶었다. 하지만 오늘 목소리를 내지 못한 사람들을 대변하겠다고 말할 때 웬디 데이비스는 캐시만큼이나 비장해 보였다.

내 주변 사람들은 모두 슈퍼볼 개막식이나 마블 영화의 마지막 장면을 보듯이 스크린에 집중하고 있었지만, 나는 웬디 데이비스와 캐시의 말 사이에서 느껴지는 괴리감 때문에 정치가 더 싫어졌다. 웬디 데이비스의 주장이 옳을 수도 있으나 상대편을 악랄한 극단주의자들처럼 이야기하니 무턱대고 수긍하긴 어려웠다. 시술소 수준을 올리고 의사가 환자를 병원에 입원시키는 게 어째서 여성들에게 나쁠 수 있는지 모르겠는데, 웬디 데이비스는 그 이유를 설명하지 않고 '맹목적 당파성'과 '사사로운 정치적 야심'의 전형이라고 비난했다. 나는 자리에서 일어나 문을 나섰다.

아직 캐시와 어울릴 기회가 있으니 위층에 올라가 방청석 줄을 서기로 했다. 그때 복도에서 귀에 익은 목소리가 들렸다.

"지하 2층 002호실에 차려도 된대. 트윗 해 줄래?"

데비 모나한이었다. 모나한 씨의 딸이고, 우리 엄마와는 오랜 성당 친구이자 성가대 동료, 나에게는 대모*였다. 큰 키에 긴 갈색 머리, 코끝에 안경을 걸친 그는 놀랍게도 주황색 '텍사스 여성의 편' 티셔츠를 입고 있었다. 나는 그쪽으로 다가가며 데비에게 말을 걸었다.

---

* 가톨릭 신자의 신앙적 여자 후견인.

"모나한 씨?"

"알렉스? 부디 데비라고 불러 주겠니? 나 지금 여기 있으니 너무 늙은 것 같아."

그는 옆에서 핸드폰 화면을 빠르게 연타하는 내 또래 주황 팀 여자애를 턱짓으로 가리켰다.

"미안해요, 데비."

"여기서 뭐 하니?"

내가 웅얼거리자 데비가 묻더니 제풀에 웃었다.

"아무튼 잘됐다. 네가 입에 테이프를 붙이고 돌아다니는 파란 녀석이 아니라 다행이야. 나 좀 도와줄래?"

"물론이죠. 뭘 도와드릴까요?"

데비 모나한 같은 사람이 도움을 청하면 거절할 수 없었다.

"지하 2층에 음식과 커피를 준비할 예정이야. 002호실에. 먼저 내려가서 테이블 좀 깔아 줄래? 열려 있는 방 아무 데나 가서 간이 테이블 꺼내 오면 돼."

주의회 의사당 지하를 돌아다니며 빈방에서 테이블을 빼돌리라는 지시가 달갑진 않았지만, '일 처리' 모드에 돌입해 목소리가 두 옥타브나 낮아진 데비 모나한에게 그렇게 말할 수는 없었다.

"네, 알았어요. 저 혼자 해요?"

데비는 핸드폰에 몰두한 여자애에게 뭐 하고 있느냐고 물었다.

"트위터에 필리버스터를 실시간 중계하려고요."

여자애가 대답했다.

“좋아, 그럼 계속 근처에 있어 줄래? 네 트위터가 다시 필요할지 모르니까.”

알았다며 여자애가 강당에 들어서자 데비는 그제야 날 돌아보고 숨을 골랐다.

“쟤, 비키라는 앤데, 너보다 어리지만 트위터 팔로워가 만 오천 명이야. 6초짜리 고양이 영상으로 유명해. 쟤가 트윗 하나 게시하면 온갖 곳으로 퍼져 나가지. 비키 같은 인플루언서들이 기부를 요청하면 더 많은 사람한테 음식을 제공할 수 있어. 지난 일요일에는 세계 곳곳에서 피자 75판을 받았어. 아마 오늘은 더 많이 받을 거야.”

“세계 곳곳에서요? 사람들이 여기서 일어나는 일에 그렇게 관심이 많다고요?”

도쿄에서 출발한 피자 배달 드론 군단이 아일랜드에 들러 더 많은 피자를 픽업하고 캐나다를 우회해 텍사스 주의회 의사당으로 오는 광경이 머릿속에 그려졌다.

“여기서 시작해서 다른 곳으로 퍼져 나갈 테니까. 뉴욕이나 캘리포니아 같은 진보 성향 지역에서는 당장 걱정하지 않지만, 그들도 안심할 순 없어. 이 법안은 정말 말도 안 되는 법안이야, 알렉스. 이 빌어먹을 법안은 안전하고 합법적인 시술소들을 겨냥해 시술소 측에서 절대 충족할 수 없는 요건을 규제화하려고 해. ‘여성의 건강’을 보호한다는 명목이지만 이 법안으로 인해 5시간 내로 갈 수 있는 시술소가 모조리 문을 닫아 여자들이 고통받을 거야."

내 대모가 방금 정말 '빌어먹을'이라고 했나? 아무리 모나한 씨의 딸이지만, 겨울마다 알록달록한 스웨터를 입고 자기 고양이한테 '레이디 슈퍼스타'라는 이름을 붙인 사람의 완전히 새로운 면모였다.

"그래도 바람직한 일 아닌가요?"

나는 말을 뱉자마자 눈치를 봤다.

"제 말은, 독실한 가톨릭 신자시잖아요."

다행히 데비는 나에게 욕을 하지 않고 오히려 웃었다.

"하느님은 모든 사람에게 자유 의지를 주셨어, 알렉스. 인생에서 원하는 바를 추구하도록 말이야. 나에겐 하느님이 임신 중단권을 지지한다는 뜻으로 느껴져."

"헉, 저 아래 있는 모지에 신부님께도 그렇게 말해 보세요."

내 말에 데비는 커다란 토트백에서 둘둘 말린 주황색 포스터를 꺼내 펼쳤다. 흰 종이를 오려 붙인 문구가 드러났다. '신은 선택파(God is Pro-Choice)'. 알파벳 'O'마다 활짝 웃는 얼굴이 그려져 있었다.

"이미 대놓고 말했는걸."

나는 피식 웃었다. 내가 신을 믿는지는 모르겠지만, 데비의 주장은 타당해 보였다.

"어쨌든, 아래층에 내려가 준비 좀 해 줄래? 나는 여기서 자원봉사자들을 지휘해야 해. 다들 중구난방이어서 마치 고양이 떼를 모는 기분이야."

어이쿠. 하지만 데비 모나한이 나를 믿고 일을 맡긴다면 어떻게든 해내야 했다. 고개를 끄덕이고 엘리베이터로 걸어가 버튼을 눌렀다. 잠시 후 문이 열리고 주황 티를 입은 사람들이 쏟아져 나왔다. 나는 엘리베이터에 올랐다.

지하 2층에 내려 복도를 따라 걸으며 002호실을 찾아 두리번거렸다. 그때 핸드폰이 울렸다. 캐시의 문자였다.

'너어어어어어무 지루해.'

내가 답장했다. '노래 같은 건 안 한대?'

'아직 12시간이나 남았어.'

캐시도 웬디 데이비스가 일찌감치 포기하리라고 낙관하지는 않는 모양이었다.

'그렇게 오래는 못 버틸 거야.' 내 문자에 캐시는 스마일 이모지로 답했다.

어느 큰 방 옆에 002라고 적힌 문패가 보였다. 찾았다! 이제 테이블을 찾아 나설 차례였다. 뒤를 돌아보니 대학생으로 보이는 주황 팀 남자 두 명이 건너편 방을 열어 보고 있었다.

"혹시 데비가 보냈나요?"

내가 묻자 한 남자가 돌아봤다.

"이름은 모르겠는데……."

"키 크고 목소리 큰 여자분이요."

"아, 맞아."

"저도요. 전 알렉스라고 해요."

"반가워."

그러더니 그는 빈방에 들어가 자기 친구를 돌아보며 "자, 그럼 사냥을 시작해 볼까!" 하고 엉터리 영국식 억양으로 외쳤다. 친구도 "아무렴, 아무렴" 하고 같은 억양으로 맞장구쳤다. 둘은 웃음을 터뜨리며 접이식 테이블과 의자를 챙기기 시작했다. 나도 따라서 의자들을 집어 들었지만 그들은 날 없는 사람 취급했다.

나도 자기들끼리 웃으며 지껄이는 대학생들과 어울리고 싶지 않았다. 사실, 그런 사람들과 어울리는 걸 피하는 게 내 기소 유예 조건 중 하나였다. 이 상황은 그리 즐겁지 않았고, 본회의장에 들어가 캐시와 어울릴 기회만 기다리는 내가 미련하게 느껴지기 시작했다. 주황 팀 대학생들이 다른 방을 수색하는 동안 나는 그들과 어울리러 온 것이 아니라고 되새겼다. 데비 모나한의 부탁을 거절할 방법을 몰라서 여기 온 것뿐이라고.

002호실을 들여다보니 흥이 더 식었다. 청록색 카펫이 깔린 바닥과 형광등 달린 천장은 학교 밴드부실을 연상케 했다. 가구라곤 사무용품점에서 헐값에 산 듯한 의자와 테이블 몇 개가 전부였다.

"테이블 더 가져와야겠다. 일요일에 피자가 얼마나 많았는데."

한 명이 친구에게 말하자 친구는 다시 억지 억양으로 "아무렴" 하고 맞장구쳤다.

그들이 일요일에 본 피자 개수를 어림짐작하는 동안 나는 테이블과 의자를 식당처럼 배열했다. 자, 됐죠, 데비? 임신 중단 찬성 시위대를 위해 괌 등지에서 보내온 무료 피자를 편안히 먹을 좌석 마련했답니다.

일을 마친 주황 티 대학생들은 만족스러운 낯으로 엘리베이터로 향했다. 나는 일부러 멀찌감치 떨어져서 걸었다. 그들이 잊고 싶은 놈들을 떠올리게 해서 그런지 모르겠지만, 오늘 이곳에서 시간을 보내고 싶은 마음이 거의 바닥났다. 주황색 형씨들은 재수 없었다. 턱수염과 캠코더를 지닌 파란색 형씨들도 얼간이 같았고. 시린 드한도 여기 어딘가에서 돌아다니고 있다. 모지에 신부님과 2학년 때 담임 선생님도 여기 있는데 파란 티를 안 입은 날 보면 크게 실망할 테고, 막상 내가 파란 티를 입는다면 날 지나치는 사람 대부분에게 따가운 눈총을 받을 터였다. 게다가 내가 여기 온 이유인 캐시가 있는 곳에도 들어갈 수 없다.

나는 엘리베이터를 타지 않고 계단을 느릿느릿 올라갔다. 다음 행보를 결정해야 할 순간을 최대한 미루려고. 지금 떠나면 캐시와 어울리며 서로 좀 더 알아갈 기회는 사라진다. 하지만 여기서 목적 없이 배회하다 가끔 멈춰 주 상원의원의 지루한 연설을 지켜보는 내 모습도 좀 처량할 거다.

지하 1층에 이르자 계단 근처에 서성이며 머리카락을 쥐어뜯는 데비 모나한이 보였다. 입술을 질끈 문 채로 핸드폰에 대고 뭐라고 중얼거리고 있었다. 못 본 척 지나가려는데 데비가 날 향해 손을 흔들었다. 제발 테이블을 더 옮겨 달라는 말만은 아니길.

"네, 네. 어떻게든 해 볼게요."

데비가 전화를 끊었다. 나는 성가시다는 표정을 짓지 않으려고 애썼다.

"저기, 부탁 하나만 들어줄래?"

"뭔데요?"

나는 어떻게 거절할지 머리를 굴렸다. 불행히도 데비는 내가 이번 방학에 딱히 바쁘지 않다는 사실을 잘 알았다.

"아버지 때문에. 안 그래도 센터를 싫어하는데, 지금 직원 한 명이 고깝게 군다며 난리를 치고 있나 봐."

데비가 고개를 절레절레했다. 아아. '내가 눈은 안 좋아도 귀는 멀쩡해! 헛소리일랑 집어치워!' 하고 으박지르는 모나한 씨와 당황한 직원의 모습이 눈에 선했다.

"난 참전 용사야. 예우를 좀 갖춰!"

내가 모나한 씨 흉내를 내자 데비가 한숨을 쉬었다.

"그래, 거기에 욕설이 좀 더 섞였겠지. 어쨌든, 아버지는 거기 더 머물 수 없고 나는 여길 떠날 수 없어. 조율해야 할 일이 너무 많아. 네가 가서 우리 아버지 좀 모셔 와 줄래? 널 엄청 좋아하시니까."

"저도 그러고 싶은데요……."

진심이다.

"제 자전거에 태울 순 없잖아요."

이것도 핑계는 아니다.

"아, 그렇겠구나."

데비가 한숨을 쉬고는 자기 가방에서 차 열쇠를 꺼내 내밀며 말을 이었다.

"내 차로 다녀와. 아, 참…… 수동 운전 할 줄 아니?"

나는 고개를 저었다. 나는 자동 운전도 잘 못했다. 학교, 제시네, 알바, 오스틴 노인주간보호센터 등 내가 갈 만한 곳은 모두 자전거로 갈 수 있어서 운전대를 잡을 일이 많지 않았다. 데비의 부탁을 못 들어주는 뚜렷한 이유가 있다는 게 오히려 기분을 더 찜찜하게 했다. 차라리 주황 군단이 마실 그 어마어마한 양의 커피는 못 끓이겠다고 터무니없는 변명을 하는 편이 마음이 더 편했을지도 모르겠다.

"그래, 그렇구나, 젠장. 이렇게 쉽게 구세주가 나타날 리 없지."

데비는 고개를 절레절레하며 답답한 듯 입술을 깨물었다. 도움이 될 만한 제안을 하고 싶었지만 아무것도 떠오르지 않았다.

그때 강당 안쪽의 상황이 내 시야에 들어왔다. 스크린 속 웬디 데이비스는 미국 산부인과 협회에서 보내온 편지(그들도 이 법안을 못마땅해하는 듯했다)를 읽고 있었다. 그리고 한 여자애가 보였다. 짧고 검은 머리에 노르스름한 피부, 목 부분이 잘린 주황 티. 데비가 내 시선을 따라 그 여자애를 보고 속삭이듯 외쳤다.

"시린!"

1교시에 숙제를 집에 놓고 온 걸 깨달았을 때처럼 피가 식는 기분이었다. 당연하게도 시린 드한은 우리 쪽으로 고개를 돌렸다. 시린은 날 보자마자 무더운 날 식당 뒷골목의 쓰레기통 옆을 지날 때 같은 표정을 짓고는 데비에게 물었다.

"네, 왜요?"

"부탁 하나만 하자. 오늘 차 가지고 왔니?"

시린은 날 힐끔거리며 떨떠름하게 고개를 끄덕였다. 나는 지난 20초 동안 이를 악물고 있었다.

"잘됐다. 38번가에 있는 노인주간보호센터에 가서 우리 아버지 좀 모시고 와 줄래? 알렉스가 어딘지 알아."

데비가 눈치 없이 말했다.

"어떻게 가는지만 알려 주세요. 저 혼자 갔다 올게요."

나야 찬성이었다. 하지만 데비가 고개를 절레절레 저었다.

"아니, 알렉스가 같이 가야 해. 아버지는 지금 심기가 불편하셔. 낯선 사람 차에 안 탈 거야."

"걔 혼자 못 가요? 아, 자전거 타고 와서?"

시린은 내가 역사상 가장 쓸모없는 인간이라도 된다는 양 말했다.

데비는 나와 시린을 향해 왜 이렇게 답답하게 구냐는 듯 두 손을 번쩍 들었다. 비록 나는 밧줄 씹는 표정으로 서 있는 것 외에 아무것도 하지 않았지만.

"얘들아, 제발 좀 도와줄래? 오늘 종일 여기 있겠다고 가족계획연맹 측과 약속했는데, 할 일이 너무 많아."

"같이 다녀올게요."

내가 먼저 질렀다. 시린이 먼저 말하면 그 말에 따르고 싶지 않다는 이유로 수동 운전을 해 보겠다는 객기를 부리게 될 것 같았다.

시린의 콧잔등이 구겨졌다. 대낮에 노상 방뇨를 하는 사람을 목격한 듯한 표정이었다.

"좋아. 훌륭해. 정, 말, 고맙다."

데비가 힘주어 말했다. 우리가 1시간쯤 동행하는 희생을 감수하기로 한 걸 실제로 고마워하기보다 비꼬는 것처럼 들렸다.

출발하기 전에 데비는 가방에서 주황색 티셔츠 두 장을 꺼내 나에게 건넸다.

“여기. 하나는 아버지 거, 하나는 네 거. 정말 고마워.”

이번에는 진심으로 들렸다. 나는 ‘텍사스 여성의 편’ 티셔츠를 가방에 챙겨 넣었다. 모지에 신부님에게 받은 파란색 ‘텍사스 여성 보호’ 티셔츠 바로 옆에. 이게 바로 정치군. 나는 파란 원피스를 입은 캐시를 떠올리며 ‘에라 모르겠다’ 식 미소를 지었다. 내 표정에 빈정이 상했는지 시린은 말없이 엘리베이터를 향해 저벅저벅 걸어갔다.

엘리베이터 버튼을 눌렀는데 바로 불이 들어오지 않자 시린은 계단으로 가서 한 번에 두 단씩 밟아 올라갔다. 차를 어디에 주차해 놨는지만 알았다면 내가 앞장섰을 것이다. 어쨌거나 나는 이 임무를 위해 시린이 도입한 ‘서로 말 섞지 말자’ 방침에 매우 찬성했다. 우리는 로턴더를 가로질렀다. 이제 대기 줄은 없고 피켓을 든 주황 티와 기도하는 파란 티가 군데군데 모여 있었다. 우리는 의사당 남쪽 출구로 나와 시린의 작은 은색 혼다 시빅을 향해 걸어갔다. 막상 차를 보니 깊은 수치심이 밀려왔다.

마지막으로 탄 지 반년이 넘었지만 나는 한때 뻔질나게 이 차를 타고 학교에서 귀가했고, 한밤중에 타코 가게 드라이브 스루에 들르기도 했다. 시린의 친구 홀리와 함께 뒷좌석에 앉은 적도 많았다. 제시와 시린은 급회전 구간마다 우리 몸이 맞닿아서 스파크가 튀길 기대했는데, 홀리와 나는 아무래도 그럴 인연이 아니었다.

지금 이 차를 타는 느낌은 그때와 아주 달랐다. 우선 나와 시린은 단둘이 다닌 적이 없다. 내가 연극부에 있었을 때 함께 소품을 만들거나 둘만 겹치는 수업에선 같이 앉기도 했지만, 한 공간에 단둘이 있던 적은 한 손으로 꼽을 정도였고 그나마 그것도 제시나 홀리나 바비가 화장실에서 돌아오길 기다리는 시간이었다.

감회가 낯선 또 다른 이유는 차 외관이 달라졌기 때문이다. 이 작은 시빅은 원래 개성이 강했다. 색 바랜 표면에는 스티커가 덕지덕지 붙어 있고 대시보드에는 훌라 걸 인형이 있었으며 툭하면 바비가 뒷좌석 창문에 손가락으로 낙서를 해서 시린을 짜증 나게 하곤 했다. 하지만 의사당 길 남쪽 주차장에 이르러서 본 차는 더없이 평범했다. 새로 도색하고 스티커는 사라졌으며 창문은 까맸다. 짙은 선팅 너머로 차 도난 경보기의 깜빡이는 불빛이 보였다.

시린은 말없이 차 문을 열었고, 나도 어색한 기분으로 말없이 조수석에 올랐다.

시린이 시동을 걸자 스테레오에서 디 엑스엑스의 앨범 《코이그지스트》가 재생되기 시작했다. 이 차 안에서, 제시네 차고 건물에서, 늦은 밤 혼자 이어폰을 끼고 지겹도록 듣던 앨범이었다. 지난 6개월 동안은 아니었지만.

나는 눈알을 굴렸다. 시린이 오늘 나를 제 차에 태울 줄 알았을 리도 없고 내가 이 앨범을 기피하는 걸 알 리도 없는데 날 짜증 나게 하려고 이 앨범을 재생한 것처럼 느껴졌다. 디 엑스엑스, 디 앤틀러스, 더 내셔널, 샤론 밴 이튼의 앨범을 들으면 나는 여전히 차고 건물에서 친구들과 함께 있는 기분이 들었다. 노인주간보호센터에서 어느 까칠한 노인에게 중세 판타지 대서사시를 읽어 주며 이 여름을 보내는 게 아니라.

지금은 그 어떤 상념에도 잠기고 싶지 않은데, 망할 보컬이 남겨진 인생에 대해 노래하기 시작했다. 내가 자기 연민의 늪으로 빠져들기 직전, 시린이 결국 음악을 끄고 날 바라봤다.

“애초에 여긴 뭐 하러 온 거야? 오늘 처음 봤는데.”

시린이 물었다. 딱히 질문처럼 들리지 않았다.

“오늘 처음 왔으니까. 나도 왜 왔는지 잘 모르겠다. 캐시가 불러서 오긴 했는데.”

나는 마침내 털어놓았다. 의외로 기분이 나쁘지 않았다.

“캐시? 캐시 라미레즈? 요즘 걔랑 노나 봐?”

시린이 코웃음을 쳤다. 나는 둘이 얼마나 아는 사이인지 모른다.

“문제 있어?”

“문제는 없어. 그냥 애가 너무…… 착해서 그렇지.”

“넌 여기 왜 왔는데?”

내가 물었다.

“너무 중요한 일이니까. 그 인간들은 사실상 텍사스에서 임신 중단을 금지하는 법안을 추진하면서 그 이유에 대해서는 거짓말하고 있어. 그리고 일부러 휴가철을 노려 이 법안을 조용히 통과시키려 하는 중이지. 근데 난 눈에 불을 켜고 관심 기울이는 중이거든.”

시린은 말을 멈추고 잠시 침묵하다 날 바라봤다.

"잠깐만, 캐시 라미레즈랑 왔다면 우리 편 아닐 거 아니야. 너 파란 티지?"

나는 바로 답하지 않았다. 시린도 싫었지만, 그런 식으로 싸잡히는 건 더 싫었다.

"난 흰 티야."

시린은 다시 코웃음을 쳤다. 충분한 답이 아니었는데도 시린은 딴지를 걸지 않고 다시 음악을 틀었다. 이번에는 더 크게. 그러자 죄책감과 함께 내가 시린과 제시를 마지막으로 봤을 때처럼 쥐구멍에 숨고 싶은 기분이 들었다.

※※※

## 3학년 가을 어느 날

시린이 론스타 맥주 24캔과 대마초 한 봉지를 들고 차고 건물에 나타났을 때 나는 대수롭지 않게 여겼다. 홀리의 언니가 구해다 준 것들이었다. 시린과 홀리는 들뜬 기색이 역력했다.

"우리가 뭘 가져왔게!"

홀리가 안에 들어서면서 누구에게랄 것 없이 말했다.

맥주 냄새를 맡으면 아빠 생각이 나서 싫었지만, 분위기를 망치고 싶지 않아서 제시가 한 캔을 내밀 때 그냥 받아 들었다. 마침 그날은 제시의 생일이었다. 제시와 시린이 학교 비주류계의 핵심 커플로 등극하자 노는 무리가 불어나서 아지트는 복작거렸다. 밤이 깊어 파이프를 돌려 가며 대마초를 피울 때 나는 뒤로 빠졌고, 제시와 바비가 "알렉스는 별로 안 좋아해" 하고 대변해 줘서 딱히 겉도는 기분을 느끼진 않았다. 나는 핸드폰으로 디제잉을 하며 그 밤의 일부가 되기로 했다. 막 발매된 《코이그지스트》를 틀었더니 모두 그 잔잔한 분위기를 즐기는 것 같았다. 나도 그랬다. 하지만 제시의 생일 파티는 시작일 뿐이었다. 파티는 갈수록 규모가 커졌다.

어느 날 알바가 끝난 밤, 나는 제이컵 콜러의 절친이자 더블 데이브의 배달원 중 한 명인 토미 리치먼에게 차를 얻어 타고 제시의 집에 갔다. 토미는 제이컵과 함께 있을 때는 멍청해 보였지만 따로 있을 때는 괜찮았다.

"오, 걔가 여기 살아? 좋은 데 사네."

차를 세우면서 토미가 말했다. 나는 차에서 내려 차고 건물로 향했다. 일터에서 남아 포장해 온 피자를 다들 반기리라 예상하며 문을 열었다. 자정이 조금 지난 시각이었지만 파티는 한창이었다. 주말에는 보통 이런 식이었다. 주말 내내 어른의 감시 없이 다 함께 빈둥거릴 수 있는 곳이 있다면 그곳이 모두의 아지트가 된다는 그 뻔한 사실을 나중에야 알았다.

안을 훑어보니 대부분 아는 얼굴이었다. 제시와 바비, 부모님께 서로의 집에서 잔다고 했을 시린과 홀리, 제시와 내가 예전부터 가깝게 지내던 학교 친구 몇 명, 옆 동네인 라운드 락에서 온 홀리의 친구 대여섯 명(그중 한 여자애는 꽤 귀여웠다), 바비의 아는 형과 누나들.

대부분 바닥이나 싸구려 중고 소파에 앉아 있었다. 내가 커피 테이블에 피자 두 판을 내려놓자 너나없이 사람들이 달려들었다.

"좋았어, 알렉스! 우리의 영웅!"

제시는 넷플릭스에서 공포 영화를 고르고 있었다.

"〈파라노말 액티비티〉? 〈인시디어스〉?"

시린은 〈파라노말 액티비티 3〉에 한 표를 던졌고, 나도 찬성을 외쳤다. 제시가 경매사처럼 말했다.

"〈파라노말 액티비티 3〉, 하나, 둘, 낙점!"

영화가 시작되자 나는 자리를 잡았다. 내가 제시의 집에서 밤을 보내는 방식은 그렇게 굳어져 갔다. 다들 술이나 약에 취해 있을 때 혼자 멀쩡했다. 맥주와 대마초 냄새가 나지 않던 옛날이 그리웠지만 적어도 다 같이 어울려 영화를 볼 수는 있었다. 우리는 불을 끄고 어린 두 자매가 섬뜩한 초자연 현상을 겪는 장면을 보며 웃고 떠들었다.

라운드 락에서 온 남자애가 날 보고 피자를 향해 턱짓했다.

"저기, 이거 네가 가져온 거지? 맥주 한 캔이랑 한 조각 바꾸자."

그 애가 날 향해 론스타 한 캔을 내밀자 나는 고개를 저었다.

"됐어, 마음껏 먹어."

"진짜? 고마워."

나는 냉장고에 탄산음료가 있나 궁금했지만 자리를 잃고 싶지 않아 다시 영화로 시선을 돌렸다. 잠시 후 문이 열리더니 모르는 남자 네 명이 들어왔다. 모두 대학생으로 보였다. 바비가 벌떡 일어났다.

"형! 좋은 거 가져왔어?"

그 형이 고개를 끄덕이며 알약이 든 지퍼백을 꺼냈다.

"몸풀기로 떨• 부터 할까?"

다들 동그랗게 모여 앉기 시작하며 영화 관람은 사실상 중단됐다. 바비가 파이프에 대마초를 다져 넣는 동안 나는 슬쩍 물러나 앉았다. 지퍼백을 가져온 남자가 파이프를 한 모금 빨고 나에게 건넸다.

"전 됐어요."

내가 말하자 그는 어깨를 으쓱하며 파이프를 홀리에게 건넸다. 사촌 중 추수감사절에 콘플레이크로 끼니를 때우는 채식주의자가 한 명 있는데, 꼭 그가 된 기분이었다. 약에 취한 사람들이 하는 말은 종종 창의적이고 철학적이어서 흥미로웠지만 이날 밤은 이번 대마초에 대한 감상만 오갔다. 누군가의 친구의 사촌에게 질 좋은 물건을 구할 수 있다는 둥 하는 얘기가 잠시 이어지다가 다시 파이프가 나에게 돌아왔다. 나는 아까 그 남자에게 다시 말했다.

"전 괜찮아요."

"전 괜찮아요."

그가 내 말을 따라 하곤 홀리에게 파이프를 넘겼다. 지루한 밤이 될 것 같아서 제시의 아이패드로 게임이나 하려고 제시의 방에 들어갔다가, 라운드 락에서 온 귀여운 여자애가 바비의 친구와 함께 있는 걸 보고 다시 밖으로 튀어나왔다.

부엌에서 한 남자가 칼로 옆구리를 뚫은 맥주 캔을 뉘어서 들고 있

• 대마초를 이르는 은어.

었다.

"야, 이거 누가 더 빨리 마시는지 10달러 내기할래?"

나는 고개를 젓고 빙 둘러앉은 무리를 건너다봤다. 바비가 다시 파이프를 채우고 있었다. 갑자기 모든 게 너무 버겁게 느껴져서 화장실에 들어가 욕조 가장자리에 걸터앉았다.

어렸을 때 아빠의 술주정을 피하려고 화장실에 숨어 있던 적이 제법 많았다. 차고 건물 안에 널린 맥주 캔들을 보니 다시 열 살로 돌아간 기분이 들었다. 항상 안전한 피난처였던 이곳에서 그때처럼 숨어 있어야 한다는 게 싫었다.

착잡한 심정을 추스를 겨를도 없이, 아까 맥주를 피자와 교환하자던 녀석이 벌컥 들어와서 변기를 붙잡고 토하기 시작했다. 화장실 밖에서 왁자지껄 웃는 소리가 났다.

내가 화장실을 나서자 다들 더 심하게 웃었다.

"미친. 걔 네 거시기에 토한 거 아니야?"

바비의 말에 나는 고개를 절레절레하며 다음 행동을 고민했다. 핸드폰을 꺼냈는데 배터리가 4퍼센트밖에 없었다. 핸드폰부터 충전해야 하나? 그때 나에게 대마초를 건네려던 남자가 다가와 내 어깨에 팔을 두르고 날 다시 무리로 이끌었다.

"어이, 친구. 심심해 보이는데 내가 이거 하나 줄까?"

남자가 실실 웃으며 작고 동그란 녹회색 알약 두 알을 손가락 사이에서 굴렸다.

"아뇨, 괜찮아요."

"아뇨, 괜찮아요!"

그는 새된 목소리로 내 말을 되풀이했다. 내가 몸만 크고 어수룩한 어린애인 것처럼. 나는 제시에게 도움의 눈빛을 보냈다. 제시는 몽롱한 낯으로 소파에 기대앉아 있었다. 제시의 손안에서 타들어 가는 담배가 보였다.

"아뇨, 괜찮아요."

제시는 혼잣말처럼 중얼거리더니 킥킥 웃으며 시린의 어깨에 머리를 기댔다. 날 놀리는 건지 아니면 방금 들은 말을 되풀이하는 건지 알 수 없었다. 제시 본인은 알고 있는지도 의문이었다. 내가 아는 건 난 더는 제시에게 의지할 수 없다는 것뿐이었다.

나는 약을 든 남자에게서 벗어나려고 고개를 숙이고 발걸음을 돌려 부엌 냉장고를 열었다.

"맥주 마실 거면 나도 하나만!"

남자가 외쳤다. 나는 냉장고 안에 얼굴을 파묻고 어떻게 할지 고민했다. 야심한 밤이고, 자전거도 안 가져왔다. 엄마에게 전화하면 무슨 일이 있었는지 털어놓아야 하고, 그러면 앞으로 여기서 노는 건 끝이었다. 그래봐야 여기서 내가 할 일이 별로 없다는 사실을 인정하기는 싫었다. 본채에 가서 제시네 엄마를 깨워 급한 사정을 들먹이며 집에 태워다 달라고 부탁하는 건 더 큰 모험이었다. 여기서 벌어지는 일을 고자질하는 것과 다름없었다. 대학교수인 제시의 엄마는 아빠 없이 자라는 아들에게 충분히 신경써 주지 못해 미안한 마음을 가지고 있었다. 그래서 제시가 요구하는 바를 거의 다 들어줬고 우리에게도 무척 관대했다. 밤새 비디오 게임을 하는 우리에게 중국 음식을 배달시켜 줄 때까지는 좋았지만, 이제는 분명히 봐줄 만한 정도를 넘었다.

냉장고에 얼굴을 파묻을 수 있는 합리적인 시간을 다 써 버렸기에 나는 마운틴듀를 꺼내 들고 문을 닫았다. 어느새 파티의 열기도 식어 가고 있었다. 나는 소파 구석에 있던 쿠션을 하나 챙겨 부엌 바닥에 웅크리고 누워 잠들었다. 몇 시간 뒤 눈을 뜨니 햇빛이 창문을 뚫고 들어오고 있었다. 나는 바닥에 널브러져 자는 사람들 사이로 발을 디뎌 내 가방을 집어 들고 제시의 침대를 건너다봤다. 제시와 시린도 잠들어 있었다. 나는 비참한 기분이 들었다. 지난여름 제시의 생일이 떠올랐다. 시린이 처음으로 맥주와 대마초를 가지고 온 날. 모든 일이 이 지경이 된 것이 누구의 탓인지 알 것 같았다.

내 절친이 날 초라한 곁다리처럼 느끼게 하지 않던 시절을 떠올리며, 나는 5학년 때부터 내 집처럼 드나들던 곳에 잠들어 있는 낯선 사람들 사이를 까치발로 디뎠다. 신발을 들고 밖에 나가 계단에서 신발 끈을 묶고, 진입로에 있는 시린의 은색 혼다 시빅을 지나 집으로 돌아가는 긴 길을 떠났다.

✖✖✖

시린이 급브레이크를 밟으면서(일부러 그랬을 거다) 나는 디 엑스엑스의 곡을 배경으로 이어지던 울적한 상념에서 불쑥 빠져나왔다. 어느새 노인주간보호센터 앞이었다.

"데비 아버지가 계신 곳이 여기라고?"

시린은 이번에도 혼잣말처럼 물었다.

"그래, 모나한 씨. 같이 들어갈래, 아니면 여기서 기다릴래?"

시린은 어깨를 으쓱했다.

"까다로운 분인 것 같던데, 내가 가서 도움이 될까, 아니면 성질만 돋울까?"

"그렇게 까다로운 분 아니야. 남들이 자길 함부로 대하는 걸 못 참을 뿐이지."

나는 의분에 차서 쏘아붙였다. 그러고 나니 기분이 한결 나았다. 상대가 시린이라 더욱더. 시린은 별 관심 없다는 듯 고개를 끄덕였다.

"알았어. 네가 모셔 와. 난 여기서 기다릴게."

고작 3시간 전의 발걸음을 빠르게 되짚으며 센터 안으로 들어갔다. 안락의자와 피아노가 있는 방에 들어서자 모나한 씨가 작은 나무 의자에 앉아 눈에 띄게 씩씩거리고 있었다. 몇 걸음 떨어진 곳에 선 30대 남자 직원과 대치 중인 듯했다.

"모나한 씨? 알렉스예요."

나는 그쪽으로 다가가며 말했다. 모나한 씨는 눈도 어둡고 내가 올 줄도 몰랐을 테니까. 내 목소리에 그가 내 쪽을 바라봤다.

"알렉스? 네가 여긴 왜 또 왔냐? 데비는?"

"의사당에서 아주 바쁜가 봐요. 절 대신 보냈어요."

"여기서 어떻게 나가자고? 나더러 네 자전거 뒤에 타라고?"

"아뇨, 그게……. 운전할 사람 있어요."

시린을 친구라고 부르고 싶진 않았다. 내 말에 모나한 씨가 눈썹을 찌푸리고 직원을 노려보다 고개를 절레절레 저으며 말했다.

"알았다."

"필요한 건 다 챙기셨어요?"

"내 망할 존엄성만 빼고."

그는 다시 한번 직원을 째려봤다. 직원은 딴 곳만 쳐다봤다. 내가 잡으라는 듯이 두 팔을 내밀자 마침내 모나한 씨가 의자에서 일어났다. 부축은 거부했다. 여든다섯 노인치고 꽤 정정했다.

모나한 씨는 여기서 당장 벗어나고 싶다는 듯이 날 지나쳐 곧장 출입문으로 향했다. 밖으로 나서자마자 내가 얼른 앞질러서 시린의 차로 안내했다. 뒷좌석 문을 열어 주자 모나한 씨가 됐다는 듯이 손사래 쳤다.

각자 차에 오른 뒤 모나한 씨는 시린을 무시하고 가장 궁금한 것부터 물었다.

"그래서 날 어디로 데려가는 거냐?"

"주의회 의사당이요. 데비가 이거 입고 오시래요."

나는 가방에서 주황색 티셔츠를 꺼내 모나한 씨에게 건넸다.

"이런, 우라질 정치."

그렇게 말하면서도 그는 겉에 입은 체크무늬 셔츠를 벗고 주황 티를 껴

입었다. 멋스럽다곤 할 수 없어도 아까보단 봐 줄 만했다.

"그건 그렇고, 저는 시린이라고 해요."

시린이 말했다. 없는 사람 취급당하는 게 고소하던 참이었는데, 모나한 씨가 신사적으로 돌변했다.

"반갑습니다, 숙녀분. 나는 션이라고 해요. 그런데 여기 이 친구는 계속 모나한 씨라고 부르네요. 내가 무슨 노인네인 것처럼."

뒤에서 그가 내 좌석을 발로 툭 쳤다.

"잔인한 친구죠."

시린의 맞장구에 나는 울컥 기분이 상했다. 시린과 모나한 씨가 합세해서 날 놀리는 게 마음에 들지 않았다.

"죄송해요, 션. 나이는 숫자에 불과할 뿐이란 걸 자꾸 까먹네요."

내 말에 모나한 씨가 웃었다.

"삐지긴. 그나저나 거기 상황은 어떠냐? 놈들한테 엿 먹이고 있냐?"

주어가 누구인지는 몰라도 '놈들'이 파란색 편이라면 답은 '예'였다. 적어도 마지막으로 봤을 때까지는.

"난리도 아니에요. 풋볼 경기에서나 봤던 광경이에요. 양쪽이 서로 혐오하더라고요."

말하다 보니 문득 웬디 데이비스를 옹호하던 캐시가 떠올라 덧붙였다.

"다 그런 건 아니지만요."

"한쪽은 여성의 권리를 1950년대로 되돌리려 하고 있어."

시린이 중얼거렸다.

“50년대는 추했어. 전쟁 후 모든 게 엉망진창이었지. 남자든 여자든 사람답게 살기 어려웠어. 그 시절을 일깨우기 위해 이 몸이 나서야 한다면 나서겠어. 내 멋진 주황 티를 입고.”

모나한 씨가 말했고, 시린과 나는 동시에 웃었다. 기분이 이상했다. 내가 입을 열었다.

“왜 이렇게 싸워야 하는지 모르겠어요. 다들 옳은 일을 하려고 모인 거잖아요? 그저 생각이 다를 뿐이죠.”

“생각이 애초에 근본적으로 다르니까. 출산이 개인의 선택이 아니라고 믿는 사람들에게 내가 할 수 있는 말은 ‘엿 먹어라’ 뿐이야. 그 작은 세포덩어리가 아기라며 그걸 죽이는 게 살인이라고 믿는 사람들에게 어떻게 이해를 구할 수 있겠어?”

시린이 받아쳤다.

“그 지점에 대해 논의할 방법이 있지 않을까? 그러니까, 좀 더 원만하게…….”

“일이 항상 ‘좋게좋게’ 흘러가지는 않아, 알렉스. 때로는 맞서 싸워야 해. 그냥 방관만 할 게 아니라.”

시린은 단호하게 내 말을 끊었다. 내가 반박하려고 입을 열었지만 모나한 씨가 “암, 그렇고말고” 하며 맞장구쳤다. 그는 우리의 대화가 약간 옆길로 샜다는 걸 몰랐다.

나는 좌석에 머리를 툭 기댔다. 어느 쪽이 옳은 걸까? 옳고 그름을 판단할 수 있는 사람이 있기는 할까? 오늘 아침에 일어날 때만 해도 이런 생각을 하게 될 줄 몰랐다. 그런데 갑자기 눈앞에 전쟁이 벌어지고 있고, 누구 편을 들어야 할지도 알 수 없었다.

# 오후
# 12시 41분

주의회 의사당에 돌아왔을 때 시린의 주차 자리는 사라져 있었다.

대신 그 자리에는 '낙태는 심장을 멈춘다'라는 문구의 범퍼 스티커가 붙은 흰색 세단이 서 있었다. 시린으로서는 엎친 데 덮친 격이었다.

의사당 주변을 한 바퀴 돌아 봐도 노상 주차 자리는 없었다. 시린이 모나한 씨에게 말했다.

"일단 도로변에 세울 테니 먼저 내리세요."

"저기, 동문 앞에 세워."

내가 말했다. 나는 이미 데비에게 문자로 아버지와 만날 곳을 알린 상태였다.

"데비가 이리로 나올 거예요. 주황 티 입고 있어요."

내가 모나한 씨에게 말했다. 주황 옷 일색 속에서, 곧 목을 빼고 시린의 차를 찾는 데비가 눈에 들어왔다.

"네가 모시고 들어가지 그래?"

시린이 날 쫓아내고 싶다는 듯 말했다. 나도 그럴까 했는데, 모나한 씨가 날 보고 단호한 표정으로 고개를 젓더니 시린에게 말했다.

"혼자 괜찮아요. 만나서 반가웠어요, 숙녀분."

그러고는 날 향해 "안에서 보자" 하며 능글맞게 윙크했다.

오, 이런. 그는 날 의사당에 부른 여자애가 시린이라고 생각한 것이다. 웩.

모나한 씨가 내리자 데비가 자기 아버지의 팔을 붙들고 건물 안으로 이끌었다. 다행히 시린은 모나한 씨의 몹시 민망한 윙크를 눈치채지 못했거나 무시했고, 다시 주차 자리를 찾아 건물 주변을 돌았다.

"아까 자전거 타고 올 때 보니까 트리니티 17번가 공용 주차장에 자리 많더라. 좀 걸어야 하긴 해도……."

"그래, 좋은 생각이야."

'좋은 생각'이라며 내 말을 끊은 건 시린이 오늘 내게 베푼 가장 큰 친절이었다. 어색한 침묵과 현재 상황을 고려할 때, 방 안의 코끼리, 그러니까 새로 수리한 시린의 혼다 시빅에 대해 언급할 때가 된 것 같았다.

"저기, 시린, 그게 있잖아……."

"아니, 넣어 둬."

시린이 내 말을 또 끊었다.

"이해가 안 돼, 전혀. 캐시 라미레즈랑 어울리는 것도 모자라 '개 편'에서 필리버스터를 방해하겠다고? 난 이제 네가 누군지 모르겠다. 같이 데비를 도운 건 좋았지만, 오늘 난 너랑 싸우고 싶지 않아. 네 사과를 받고 싶지도 않고."

'내' 사과? 나는 이 대화가 '시린이 나에게' 사과하는 것으로 끝날 줄 알았다. 내 심경은 이제 '터놓고 말하자'가 아닌 '지옥에나 가, 시린'으로 바뀌었다. 임신 중단에 대해 누가 옳고 그른지는 모르겠지만, 이 여자애는 캐시에 대해 아무것도 모를뿐더러 내 인생에 나타나 모든 걸 역겹게 만든 장본인이었다.

결정적인 순간에 텔레비전을 꺼 버린 직원에게 욕을 하는 모나한 씨처럼 욕을 퍼부을까 봐 나는 입을 꾹 다물었다. 시린은 트리니티 17번가로 차를 몰아, 내가 일러 준 빈자리에 주차했다. 고맙다는 말은 됐어, 시린.

나는 한술 더 떠 주차권 판매기로 걸어가서 동전을 먹였다. '친절이 지나치면 사람을 죽인다'라는 말이 있지 않은가.

"고마워."

시린이 비꼬듯 말했지만 나는 그 수동 공격을 눈치 못 챈 척했다. 의사당을 향해 걸어가면서도 화가 누그러지지 않았다. 우리는 불편한 침묵을 지켰다.

텍사스대학교 테니스장을 지날 때였다. 오스틴 시내 한복판에 있는 낡고 허름한 코트들을 바라보다 나도 모르게 웃음이 터졌다. 시린은 날 실성한 놈 보듯 바라보더니 곧 자기도 웃음을 터뜨렸다.

"아, 이런. 여기 그때 그……."

시린이 말했다.

"어, 맞아."

우리는 잠시 그 자리에 서서 흰 반바지를 입은 두 남자 대학생이 랠리를 펼치는 모습을 바라봤다.

"그땐 정말……."

시린이 말꼬리를 흐렸다. 날 싫어한다는 걸 뒤늦게 자각한 듯했다. 어쨌든, 그날 밤은 정말 가관이었다. 작년에 시린, 제시, 바비와 나는 갓 면허를 딴 시린의 차를 타고 어윈 센터에서 열린 더 블랙 키스의 콘서트를 보러 갔다. 공연 중에 제시는 몇 번이나 매점을 들락거리며 군것질을 했다. 왜 그렇게 배가 고팠는지 몰라도 핫도그와 도넛 같은 튀긴 음식을 쉬지 않고 먹어 댔다. 공연이 끝난 후 트리니티 가를 따라 차로 돌아가는데 제시가 "너무 많이 먹었나 봐!" 하며 혼자 뒷걸음질 쳤다. 제 딴에는 우리 눈을 지켜 주려던 행동이었는데 그러다 상태가 더 나빠진 것 같았다. 제시는 펜스 너머 테니스 코트를 향해 요란하게 토를 뿜었다.

테니스공이 펜스를 때리는 결에 나는 화들짝 놀라 회상에서 빠져나왔다. 흰 반바지 한 명이 다가와 공을 주우며 말했다.

"실례!"

"저 사람도 그때 그 흔적을 봤을까?"

그가 멀어지자 내가 시린에게 물었다. 시린도 나와 같은 기억에 잠겨 있었는지 킬킬 웃었다. 내가 말을 이었다.

"며칠 동안 핫도그랑 나초 치즈 덩어리들이 계속 발견됐을 것 같은데. 거의 폭격기처럼 퍼부었잖아."

"그때 선수들이 있었다면 라켓으로 받아쳤을지도 몰라."

시린이 얼마나 비위 상하는 농담을 잘 치는지 잊고 있었다. 그때마다 오만상을 찌푸렸었는데, 이번 농담은 내 허를 찔렀다. 의사당에서 다섯 블록 떨어진 이곳 트리니티 가에서, 나는 포복절도했다. 더 블랙 키스의 곡 〈에버래스팅 라이트〉의 기타 멜로디를 배경으로 새하얀 흰색 반바지에 폴로 셔츠, 똑같은 바이저를 쓴 대학생들이 제시의 얼굴에 토사물을 되받아 치는 광경을 떠올리자 너무 웃겨서 눈물이 핑 돌았다.

그런데 웃다 나온 눈물이 순식간에 진짜 눈물로 변했다. 눈치 빠른 시린이 여지없이 그걸 눈치챘다.

내가 무릎을 짚고 이상하게 흐느끼며 웃는 사이 시린이 다가와서 내 어깨에 손을 얹었다. 나는 허리를 세우고 눈가를 훔쳤다. 그저 그때의 기억이 너무 웃겨서 눈물이 나온 것으로 넘기려 했다.

"아, 너무 웃었네. 어쨌든, 돌아가자."

내가 평정심을 되찾고 의사당 쪽으로 돌아서며 애써 가볍게 말하자 시린은 진지한 표정으로 나를 보고 말했다.

"그래, 나도 걔가 그리워."

✖✖✖

시린과 나는 길고 어색한 침묵을 견디며 오스틴 시내를 걸었다. 많은 사람이 같은 방향으로 이동하고 있었다. 대부분 주황 팀이었지만, 도로변에 선 한 버스에서는 파란 티를 입은 대학생이 우르르 내렸다. 시린은 치를 떨듯이 고개를 저었다.

"다른 주에서 버스까지 대절해 왔네. 텍사스 주민들이 이 법안을 지지한다는 인상을 주려고."

시린이 중얼거렸다. 기껏 누그러진 분위기를 잡치기 싫어서, 나는 그들이 휴스턴이나 댈러스 등 옆 도시에서 온 텍사스 주민들일지도 모른다는 말은 하지 않았다.

의사당 길을 걷는데 주머니가 진동했다. 핸드폰을 꺼내 확인한 나는 헤벌쭉 웃지 않으려 입꼬리를 단속했다. 캐시의 문자였다.

'사람들 점심 먹으러 가서 자리 나고 있어!'

나는 얼른 답장했다. '금방 갈게.'

시린은 군중을 바라보고 있었다. 아침에 왔을 때보다 인파가 훨씬 더 불어나 있었다. 몇 시간 전이 풋볼 경기장 입구 같았다면 지금은…… 글쎄, 낯선 광경이었다. 아직 이른 오후인데 아까보다 사람이 10배는 많아 보였다.

주황 옷을 입은 사람들은 '와서 가져가' 티셔츠를 입은 시린을 동료로 여겼다. 시린은 몇 걸음에 한 번씩 미소 지으며 손을 흔들거나 고개를 끄덕였다. 특히 나이 지긋한 사람일수록 청소년들을 보고 반색했다. 주황색 원피스 차림의 백발 여성이 우릴 멈춰 세우고는 말했다.

"아직도 너희가 이런 일에 나서야 한다는 게 믿기지 않는구나. 이런 싸움은 70년대에 끝난 줄 알았는데."

시린은 미소 지으며 그를 포옹했다. 원래 어른들에게 곰살맞게 굴어서 귀염을 받는 애였다.

"저도 믿기지 않아요. 저희 세대를 위해 다시 싸우러 와 주셔서 감사해요."

시린의 말에 여성의 남편 혹은 연인처럼 보이는 남자가 날 향해 고개를 끄덕였다. 마치 '깨어 있는 남성 페미니스트 클럽'에 가입한 것을 환영한다는 듯이. 좋으실 대로 생각하시죠. 그렇게 생각하면서 나는 고개를 마주 끄덕였다.

잠시 후 보안 검색대 줄에 섰다. 아침보다 줄은 더 길고 밖은 더 더웠다. 나는 땀을 뻘뻘 흘리며 힘들어하는데 시린은 주황 옷 사람들과 유대감을 쌓느라 더위에 아랑곳하지 않는 것 같았다. 우리 앞에 있던 한 남자가 우릴 돌아봤다. 우리보다 한두 살 많아 보였다.

"와, 그 티셔츠 되게 센스 있네요."

그가 시린에게 말했다. 말투로 보아 여자한테 관심 없는 티가 났고 시린도 그가 추파를 던지는 것처럼 반응하지 않았다.

"고마워요! 어젯밤에 만들었어요."

"정말 멋져요."

그러더니 남자가 날 보고 덧붙였다.

"둘 다 멋져요. 여기 와 줘서 고마워요."

주황 티와 함께 있다는 이유로 낯선 사람에게 멋지다는 칭찬을 들을 줄 누가 알았겠는가? 어느 편도 들지 않은 나는 사기꾼이 된 기분이 들었지만, 다행히 금세 줄 맨 앞에 이르렀다. 동료들의 격려에 한껏 고무된 시린은 자기 가방을 스캔하는 공무원에게 예의 바르게 감사 인사를 건넸다.

"와, 잘 보이려는 거야?"

"진짜 감사해서 그래. 반대파에게 총부리를 겨누는 건 우리가 아니라 그들이니까."

시린이 내 말을 받아쳤다.

"그런데 방금 그 남자는 너한테 왜 여기 와 줘서 고맙다는 거야? 그 사람 게이 맞지? 이건 자기 싸움도 아니잖아."

"이건 모두의 싸움이야. 임신 중단은 여성만의 문제가 아니야. 남자들의 문제이기도 해. 아빠가 될 준비가 되기 전에 상대방이 임신하면 그런 선택권이 있다는 데 감사할 거야. 게다가 트랜스젠더도 임신할 수 있어."

시린이 단호하게 대답했다. 나는 로턴더로 접어들며 말했다.

"그 남자가 트랜스젠더인 것도 아니잖아. 앞으로 누굴 임신시킬 리도 없을 것 같은데."

"그 사람이 트랜스젠더인지 아닌지 네가 어떻게 알아?"

그러더니 시린은 내 대답을 기다리지 않고 말을 이었다.

"한 사람의 권리는 모두의 권리야. 그게 세상의 이치니까."

왜 게이가 가임 여성에게 임신 중단권을 지지해서 고맙다고 하는지 잘 모르겠지만, 시린과 동행하는 임무가 끝났으니 알 게 뭐냐 싶었다.

"저기, 난 이제 본회의장에 가 볼게. 나중에 봐."

시린은 고개를 끄덕였다.

"그래, 캐시한테 안부 전해 주고."

울컥 짜증이 났다. 마치 나는 여자를 만나려고 안달 난 놈이고 캐시는 이 싸움의 원흉이라는 투였다. 사실 시린이 나나 캐시를 어떻게 생각하는지는 전혀 중요하지 않았다. 어쨌거나 나는 본회의장에 가서 멀쩡한 남자애처럼 멀쩡한 여자애와 멀쩡한 대화를 나누며 남은 하루를 보낼 예정이었다. 시린이 어떻게 생각하는지는 알 바 아니었다.

나는 새로이 각오를 다지며 계단을 올랐다. 어쩌면 데이트 신청을 하게 될지도 몰라! 꿈같은 생각이긴 했다. 내가 캐시와? 하지만 나는 여기 캐시가 불러서 왔고, 앞으로 몇 시간 동안 서로 알아 갈 기회가 있었다. 나는 머리를 쓸어 넘기고 방청석 줄에 섰다. 대기 인원이 몇 명 없어서 캐시에게 문자를 보냈다. '거의 다 왔어!'

이윽고 직원이 날 안으로 들여보냈다. 모지에 신부님이 준 파란 티가 생각났지만 입지 않았다. 얼간이 같은 시린이지만, 그 애와 함께 있다는 이유만으로 나는 주황 팀의 호의를 넘치게 받았다. 바로 반대 팀에 합류하기는 껄끄러웠다. 나는 파란색도 주황색도 아니었다. 나는 그저 나일 뿐, 뚜렷한 신념의 색이 없었다.

캐시는 쉽게 눈에 띄었다. 한 무리의 파란 옷과 함께 앉아 있었지만, 내 또래 중에서는 혼자였다. 캐시 다음으로 젊은 사람도 마흔은 되어 보였다.

본회의장에서는 여전히 웬디 데이비스가 동료 상원의원들에게 연설하고 있었다. 지금은 며칠 전 밤에 주황 옷을 입은 무리가 의사당에 와서 법안에 맞서 증언할 때 무슨 일이 있었는지 설명 중이었다.

"안타깝게도 그 증언을 듣던 위원회 의장은 새벽 1시경, '증언 내용이 반복된다'라는 이유로 더는 증언을 받아들이지 않겠다는 결정을 내렸습니다"라고 웬디 데이비스는 말했다. 다시 말하지만, 열 마디면 족할 말을 백 마디로 늘리는 것이 오늘 그의 임무였다.

웬디 데이비스는 그들이 말할 기회를 놓쳤기에 지금 이 자리에서 31명의 증언을 읽어 주겠다고 했다. 한 사람당 3분 정도 분량이라고 하니, 앞으로 1시간 반 정도 걸릴 듯했다.

웬디 데이비스가 첫 번째 사연을 읽기 시작할 때 나는 캐시 옆자리에 앉아 속삭였다.

"안녕. 어떻게 되어 가고 있어?"

"아, 웬디 데이비스가 여전히 말하고 있지."

캐시가 웃으며 말했다.

"오늘 자정까지는 언제 물어도 똑같이 대답하겠네."

"아마도."

캐시는 한숨을 푹 쉬더니 내 흰 티셔츠로 시선을 내리고 말을 붙였다.

"모지에 신부님 못 찾았어?"

정당한 물음이었다. 거짓말할 생각은 없지만, 모나한 씨와 데비의 반대편에 서고 싶지 않다고 솔직히 말하기도 싫었다. 그래서 그저 모호하게 둘러댔다.

"밖은 완전 전쟁터야. 주황 대 파랑, 서로 죽일 듯이 노려보고 물어뜯더라. 이 안에서 보는 건 극히 일부야."

캐시가 날 보며 부자연스러운 웃음소리를 흘렸다. 미심쩍은가? 하지만 결국 내 말을 믿기로 한 듯 미소 지었다.

"무시무시한가 보네. 살아 돌아와서 다행이야."

"내전 정도로 죽진 않지. 아무튼, 여태 무슨 얘기 했어?"

"사실 듣는 둥 마는 둥 했어. 여기 온 지 2시간 지났는데 남의 말을 경청하기엔 너무 긴 시간이야. 책 읽다가 핸드폰으로 게임하다가 그러고 있었어."

"캔디 크러시?"

"후르츠 닌자. 내가 캔디 크러시 하는 애처럼 보여?"

캐시가 기분 상한 표정을 지었다.

"캔디 크러시 하는 애가 어떤 앤지 솔직히 모르겠는데."

"글쎄. 일단 난 아니야."

캐시가 과장스럽게 머리를 휙 넘겼다. 그건 캐시를 빤히 바라볼 수 있는 좋은 구실이었다. 지난 2시간 동안 붐비는 주 정부 청사에 앉아 있었는데도 캐시는 여전히 예뻤다. 윤기 나는 머릿결, 좋은 냄새, 땀에 지워지지 않은 옅은 화장. 캐시가 이런 외모를 유지하는 데 들이는 공을 생각하면 침대에서 일어나 10분 만에 준비를 마치고 집을 나서는 내가 데이트 신청을 한다는 발상 자체가 어쭙잖게 느껴졌다. 캐시 같은 여자애는 나 같은 남자애하고 어울리지 않았다.

하지만 시린 같은 여자애(티셔츠 목 부분을 과감히 잘라 내고 남자애들과 서슴없이 어울리며 나만큼 음악 선곡에 까다로운 여자애)도 외모 관리에 꽤 공을 들이는 듯했다. 여자로 태어나면 다 그렇게 되는 걸까?

"내가 틀렸네."

나는 순순히 인정하고 물었다.

"책은 뭐 읽어?"

성경 같은 것일 줄 알았는데(실제로 파란 팀 사이에는 성경책이 많이 보였다) 캐시가 꺼내 든 것은 스티븐 킹의 소설『스탠드』였다. '헉' 소리가 절로 나왔다.

"왜, 여자애들은 스티븐 킹 좋아하면 안 돼?"

"아니, 그게 아니라, 성당 다니는 여자애가 좋아할 것 같지는 않아서."

캐시가 책으로 내 어깨를 툭 치며 웃었다.

"나 이 책 일곱 번이나 읽었거든? 맙소사, 여태 날 그렇게 본 거야? 독실한 가톨릭 신자? 내가 그런 이미지인가?"

"아니, 그렇게 본 건 아니야."

사실 거의 그렇게 봤지만.

"하지만 주위를 둘러봐. 파란 옷 입은 사람 중에 우리 또래는 너밖에 없잖아."

"웬 여자가 100만 시간 동안 떠드는 걸 흥미진진하게 여기는 사람이 나 혼자인 게 내 탓은……."

캐시가 말하고는 까무룩 곯아떨어지는 시늉을 했다. 이렇게 유머러스한 앤 줄 몰랐다. 나는 이 순간이 훗날 특별한 추억이 될지도 모른다고 상상하며 주위를 둘러봤다. 초등학교 4학년 이후 처음으로 캐시와 함께 보내는 시간이었다. 지금 내 옆, 불편한 접이식 의자에 앉아 눈을 반짝이며 웃는 이 여자애가 언젠가 내 여자친구가 된다면?

우리가 앉은 발코니석에서는 상원 회의장이 훤히 내려다보였다. 정치인들도 다른 사람들처럼 지루한 표정이 역력했다. 금발에 흰 재킷을 입고 진분홍색 운동화를 신은 연설자만 빼고.

웬디 데이비스는 누군가가 보낸 사연을 읽고 있었다. 목소리에 울음기가 섞이길래 나는 귀를 기울였다.

"……우리 딸이 죽어 가고 있다는 소식이었습니다. 집을 나설 때마다 누군가가 예정일이 언제냐, 딸이 아들이냐 딸이냐, 이름은 지었느냐 묻곤 했습니다. 임신부가 평범하게 받는 질문이었죠. 그때마다 예의상 둘러대고 돌아서서 눈물을 흘렸습니다. 그러다 보니 외출도 꺼리게 됐습니다."

사연자는 죽어 가는 태아를 배 속에 품고 있는 상황을 더는 견딜 수 없었다. 하지만 그가 간 가톨릭 병원에서는 태아의 심장이 저절로 멈출 때까지 기다려야 한다며 임신 중단 시술을 거부했고, 결국 그는 다른 병원에 가서 시술을 받았다. 이 법안이 법으로 제정된다면 같은 상황에 놓인 여성에게 그런 대안조차 없으리라고 사연자는 썼다. 웬디 데이비스가 이어서 읽었다.

"아이를 갖고, 이 세상에 데려오기로 한 것은 내 선택이었습니다. 내 딸아이를 어떻게 떠나보낼지, 그 지극히 사적이고 고통스러운 결정을 내릴 권리도 나에게 있어야 합니다."

나는 캐시가 이 사연을 어떻게 생각하는지 궁금해서 곁눈질했다. 가슴 아픈 이야기지만 캐시는 슬퍼하지 않았다. 오히려 화를 꾹 참는 듯 붉어진 얼굴에 이를 꽉 물고 미간을 찌푸리고 있었다. 나는 화난 사람을 보면 초조해져서, 조심스레 물었다.

"괜찮아?"

"그 여자는 날 죽였을 거야. 웬디 데이비스는 지금 그 사연자가 날 죽였어야 한다고 얘기하고 있어."

무슨 뜻인지 감도 안 왔다.

"날 종교에 심취한 여자애라고 생각하는 거 알아."

캐시가 말했다. 반박하려는 날 무시하고 캐시가 말을 이었다.

"하지만 나는 가톨릭 신자라서 여기 있는 게 아니야. 나에게 이건 훨씬 더 개인적인 문제야. 우리 엄마와 관련한 문제."

4학년 때 우리가 음악실에서 함께 점심을 먹게 된 계기가 떠올랐다. 나는 캐시가 엄마와 언니를 교통사고로 잃었으니 무고한 생명을 잃는 건 싫다는 뜻이라고 짐작했다.

"알 것 같아."

내가 말했다. 7년이나 지난 일이라 조의를 표하기엔 너무 늦은 것 같았다.

"네가 생각하는 그런 게 아니야. 난 임신 25주 미숙아로 태어났어. 생후 첫 4개월을 인공호흡기에 의지해 살았지. 의사들은 내가 생존할 확률이 반반이라고 했어."

캐시는 지금 자신이 살아 있는 것이 얼마나 기적 같은 일인지 이해해 달라는 듯 자기 심장 부근을 손으로 두드렸다.

"임신 중에 합병증이 생겨서 의사들은 엄마에게 임신 중단을 권했어. 출산을 강행하면 위험해질 거라고. 하지만 엄마가 거부했지. 그 덕분에 나는 지금 여기 있고. 내가 임신 중단에 반대하는 건 단순히 종교적인 이유가 아니라 개인적인 이유야. 나는 내가 '살아 있기' 때문에 태아의 생존권을 지지하는 거야."

회의장을 내려다보니 웬디 데이비스는 이미 다른 사연을 읽고 있었다. 캐시도 시선을 내렸다.

"그리고 저 사람은 지금 우리 엄마가 날 죽였어야 한다는 사연을 읽고 있어."

캐시는 슬픔이 아닌 분노의 눈물을 훔쳤다. 그러더니 가방에서 이어폰을 꺼내 귀에 꽂으며 말했다.

"미안, 지금은 듣는 것도 힘들다."

엄마를 언급하는 말투를 들으니 캐시에게는 이 싸움이 아기들을 위한 일만은 아닌 것 같았다. 캐시가 여기 있는 것은 세상을 떠난 엄마에게 더 가까이 다가가는 방법이자 엄마를 기리는 방법인 듯했다.

내가 착각했다. 조의를 표하기에 너무 늦은 때란 없다.

하지만 '유감'이라는 말은 너무 공허하고 모자랐다. 캐시는 나한테서 그 이상을 받을 자격이 있었다. 나는 파란 티셔츠를 가방에 숨기고 들어왔고 아까 캐시 앞에서는 못 얻은 척했다. 왜? 편을 들 배짱이 없어서. 하지만 내 옆의 이 여자애는 절대다수의 적대감을 무릅쓰고 대담하게 파란 원피스를 입고서 비겁한 나에게 자신의 깊은 아픔을 드러내 보였다. 나는 캐시를 지지해 줘야 했다.

나는 아무 말 없이 가방에서 파란 티셔츠를 꺼내 땀에 젖은 흰 티셔츠 위에 껴입었다. 솔직하지 않았다고 화를 낼 줄 알았는데, 캐시는 그저 여전히 눈물이 그렁그렁한 눈으로 날 보며 내 손을 꽉 잡았다.

# 오후 1시 38분

웬디 데이비스는 며칠 전 밤에 증언하지 못한 사람들의 사연을 계속 읽어 나갔다. 캐시는 여전히 이어폰을 꽂고 있고, 방청객 대부분은 핸드폰을 보거나 옆 사람과 소곤소곤 대화를 나누거나 멍하니 딴생각에 빠져 있었다. 하지만 나는 캐시의 관점에서 생각해 보려고 그 사연들에 귀를 기울였다.

경청하는 사람이 나 혼자는 아니었다. 웬디 데이비스가 새로운 사연을 시작할 때마다 주황 옷을 입은 누군가가 흐느꼈다. 줄리라는 사람의 사연을 소개할 때 내 근처의 짧은 머리 여자가 울음을 터뜨리자 뒤에 앉은 두 여자가 안아 주었다.

"맙소사, 내 사연이에요."

줄리가 말했다. 웬디 데이비스에게 전해 듣기로, 줄리는 치매에 걸린 어머니가 지난 10년간 이 나라에서 여성의 권리가 얼마나 퇴보했는지 몰라도 돼서 다행이라고 했다. 나는 캐시가 뭐라고 대꾸할지 알았다. '아기

들의 권리는요?'

이 자리에 없는 사람의 사연을 듣다 훌쩍이는 사람들도 있었다. 웬디 데이비스가 이번엔 임신 중단이 불법이던 시절에 강간당해 임신한 여성 이야기를 했다. 그 여성은 부른 배를 안고 장을 볼 때마다 낯선 이들의 덕담을 들어야 했다.

"그들은 순수한 질문으로 그가 강간범의 태아를 품고 있다는 사실을 끊임없이 상기시켰습니다."

웬디 데이비스가 말했다. 참담한 이야기와 별개로, 캐시의 관점에서 생각하다 보니 한 단어가 자꾸 귀에 걸렸다. 임신한 사람에게 '태아 언제 나와요?', '남자 태아예요, 여자 태아예요?' 하고 묻는 사람은 없을 거다. 태아 대신 아기라고 하겠지. 사실 나는 오늘 태아라는 말을 내 평생을 합친 것보다 더 많이 들었다. 언제까지 '태아'고 언제부터 '아기'지? 명확하게 구분할 수 없다면 그냥 아기라고 해도 되지 않나?

사연은 계속 이어졌다. 대부분 짧았다. 일부는 투쟁적이고 일부는 슬프고 개인적이었다. 캐시는 핸드폰만 들여다보고 있었지만, 나는 계속 들었다. 어제까지 임신 중단에 대해 한 번도 생각해 본 적 없었다. 밀린 진도를 빠르게 따라잡는 느낌이었다. 양쪽 모두 이 문제에 큰 관심을 기울이고 자기 쪽이 옳다고 확신하는 상황이 흥미로웠다.

몇 열 뒤에서 파란 옷을 입은 남녀가 핸드폰을 함께 보며 쑥덕거렸다. 둘 다 흥분한 것 같았다. 곧 우리 구역까지 그 들뜬 웅성거림이 전해졌다. 우리 뒤에는 캐시가 마샤라고 소개한, 갈색 머리를 틀어 올린 아담한 여자가 앉아 있었다. 그가 캐시의 어깨를 두드리자 캐시가 귀에서 이어폰을 뺐다. 마샤가 말했다.

“너무 기대하지는 마. 그런데 필리버스터를 중단시킬 방법이 있대.”

“진짜요? 어떻게요?”

캐시가 내 팔을 잡고 화색을 띠며 마샤를 돌아봤다.

“트위터에서 몇몇 소식통이 필리버스터 규칙을 올리고 있나 봐.”

“웬디 데이비스가 그 규칙을 어겼대요?”

“글쎄, 5초 동안 말을 안 하면 상원의원 중 한 명이 ‘토론 종결 동의안’을 사용해 필리버스터 중단 여부를 투표할 수 있대.”

“5초 쉰 적 있어요?”

내가 물었다. 웬디 데이비스가 말을 쉴 때마다 머릿속으로 헤아려 보았다. 일, 이…….

“있겠지. 말을 얼마나 많이 멈췄는데.”

캐시가 자신 있게 말했다.

“5초는 생각보다 길어.”

나는 손가락을 접으며 5초를 세 보였다. 과연 꽤 걸리자 캐시는 눈에 띄게 실망했다. 나는 절차상의 문제로 필리버스터를 중단하지 않아도 된다는 사실에 안도한 나 자신에게 놀랐다. 비록 한 사람의 입을 통해서이긴 하지만 토론이 이뤄지고 있다는 것 자체가 중요하게 느껴졌다.

“그게 다가 아니야. 삼진아웃 규칙도 있어. 웬디는 쉴 새 없이 떠들 수 있지만, 그 발언 내용이 법안 주제를 벗어나면 안 돼. 다시 말해 저 편지를 읽을 수는 있어도 전화번호부 따위를 집어 들고 줄줄 읊을 수는 없다는 거지."

마샤가 캐시의 기운을 북돋으려는 듯이 말했다.

"설마 그러려고 할까?"

내가 묻자 캐시가 날 힐끗 보고 말했다.

"아니겠지. 하지만 10시간 동안 읽을 편지는 없을 거야."

"발언 내용이 주제를 벗어나는지 아닌지는 누가 결정하지?"

"그게 관건이야. 상원에서 다수결로 결정하거든."

마샤가 활짝 웃으며 말했다. 캐시는 들뜨려는 목소리를 애써 억눌렀다.

"그리고 상원에는 우리 편이 더 많아!"

"바로 그거야."

마샤가 맞장구쳤다. 갑자기 가슴이 내려앉았다. 내가 지금 웬디 데이비스를 지지하고 있나? 나는 그가 자정까지 말하기만 하면 되는 줄 알았다. 따로 지켜야 할 규칙들이 있는 줄 몰랐다.

"나만 꼼수처럼 보여?"

나는 마샤가 제자리에 앉자 캐시에게 물었다. 캐시는 내 물음에 진심으로 당황한 표정을 지었다.

"꼼수? 필리버스터 규칙들이? 뭐 어때? 어기지만 않으면 계속 연설할 수 있는데."

"하지만 그 규칙들은 연설자가 실패하길 바라는 사람들이 만든 거잖아? 어떻게든 쫓아내려고. 축구 경기를 보러 갔는데 심판이 상대 팀 코치라고 생각해 봐."

내가 참지 못하고 따져 묻자 캐시는 고개를 절레절레 흔들었다.

"이건 아기들의 목숨이 달린 문제야. 축구 경기 따위가 아니라 생명이 걸린 문제라고."

"맞아."

나는 반박할 수도, 반박하고 싶지도 않았다. 자신들을 '생명파(Pro-Life)'라고 부르는 쪽에 어떻게 반론을 제기하겠는가? 캐시의 심기를 불편하게 하고 싶지도 않았다. 단지 캐시가 날 좋아하지 않을까 봐 걱정해서는 아니었다. 나는 진심으로 캐시의 관점을 이해하고 싶었다. '난 여기 아기들을 위해 왔어. 규칙이 무슨 상관이야?'라고 말하기는 쉽지만…….

상관있지 않나? 지금 웬디 데이비스가 읽는 사연의 내용보다 그가 말을 몇 초나 멈추는지에만 이목을 집중하는 것이 옳지 않다고 느껴졌다. 모두의 말대로 이게 그렇게 중요한 문제라면 터놓고 논의해야 하지 않나? 파란 팀은 데비에게 모든 사람은 태어날 자격이 있다고 설득해야 하지 않나? 주황 팀은 캐시에게 강간당한 여성은 아기를 낳지 않아도 된다고 설득해야 하지 않나?

하지만 그런 생각을 입 밖에 내지는 않았다. 캐시는 듣고 싶지 않을 테니까. 캐시도 충분히 자신의 입장을 고려했을 터였다. 그 대신 나는 "미안" 하고 말했다. 정확히 무엇이 미안한지 모르면서.

나는 캐시에게 속삭였다.

"엄청 복잡하네."

"그래, 정치가 원래 그렇지. 사실 뭐가 옳고 그른지는 간단한데."

캐시가 맞장구쳤고, 나는 동의한다는 듯 고개를 끄덕이고 화해의 의미로 악수를 청했다.

캐시가 내 손을 잡고 흔들었다. 그러더니 내 파란 티를 가리키며 말했다.

"내전에서 얻은 전리품이야?"

"미안. 꼭 숨기려고 한 건 아닌데, 이런 환경에서 이걸 입기가 쉽지 않더라고. 그러니까……."

나는 방청석을 둘러보다 구차한 변명을 멈췄다. 파란 옷이 50명쯤이라면 주황 옷은 450명쯤이었다. 또래 중에 혼자 파란색 옷을 입고 나타난 사람이 그 심정을 모를 리 없었다.

"알아."

캐시가 말했다. 시린처럼 날 한심한 놈 취급하는 어감은 아니었다. 캐시는 공감 어린 미소를 지으며 이어서 말했다.

"나 아까 그런 얘기 잘 안 하는데 왠지 너한테는 하고 싶더라. 네가 들어 줘서 한결 기분이 나아졌어."

"화 안 났어?"

나는 얼떨떨하게 물었다. 사실 캐시가 화를 내도 할 말 없었다.

"난 진짜, 살면서 너보다 착한 애는 못 봤어."

내 말에 캐시는 약간 씁쓸한 표정을 지었다.

"그게 나지. 미련하게 착한 애. 여기 들어오면서 먹거나 마실 것 하나

들고 오지 않았어. 뭐, 이 안에는 화장실이 없으니 꼭 미련하다고 할 순 없지만. 가방에 그래놀라 바 같은 거라도 하나 몰래 숨겨 올까 하긴 했는데."

"캐시 라미레즈! 아까는 스티븐 킹 팬이라고 고백하더니 이젠 원칙을 어기려 했다고 실토하는 거야? 내가 알던 캐시 맞아?"

내가 경악한 척 말하자 캐시가 씩 웃었다.

"아닐걸. 4학년 때 음악실 이후로 변했거든."

휴! 다시 캐시와 단둘이 어울리는 듯한 기분이 들었다. 낯선 곳에서 혼자 낯선 사람들에게 둘러싸인 기분이 아니라.

"몰랐네. 너에 대해 내가 모르는 게 또 뭐야?"

"으악, 최악의 질문이야!"

"알았어. 그럼, 그 책, 『스탠드』의 어떤 점이 그렇게 좋았어?"

내 질문에 캐시가 웃었다.

"그건 또 엄청 구체적인 질문이네, 알렉스 콜린스. 그 책은 내 최애 소설이거든. 읽어 봤어?"

"아니."

"그럼 추천! 왜 좋았냐면…… 많은 걸 다루고 있거든. 엄청 무섭게 시작해. 어떤 연구소에서 치명적인 바이러스가 유출돼서 사람들이 막 죽어 나가는데……."

캐시의 목소리에 즐거운 기색이 묻어났다. 내가 끼어들었다.

"이런, 스포 금지."

"한두 장만 넘겨도 나오는 내용이거든. 아무튼, 무서운 건 일단 지나가고 흥미진진해지기 시작해. 생존자들은 각자 꿈속의 계시에 따라 선한 무리와 악한 무리로 갈려. 선한 사람들은 네브래스카 주의 무슨 농장에 모여서 새로운 사회를 건설하려 하고, 악한 사람들은 라스베이거스에 모여서 그 사회를 붕괴하려고 하지."

"그럼 어디로 가느냐에 따라 자기가 선한 사람인지 악한 사람인지 알 수 있는 거야?"

내가 물었다. 현실 세계의 작동 방식보다 훨씬 간단해 보였다. 내가 어느 편인지 알려만 준다면 팬데믹도 기꺼이 겪을 수 있을 것 같았다.

"그런 셈이야. 이 책은 선과 악이 격돌할 때 어떤 일이 벌어지는지에 대한 이야기야."

"결국 선이 이기겠지?"

캐시가 웃었다.

"스포일러를 싫어하는 줄 알았는데. 그럼 그냥 '아마도'라고 할게."

"읽어 볼게. 재밌을 것 같네."

"꽤 재밌어. 분량이 천 페이지쯤 되지만."

"오히려 좋아. 이번 여름에 벽돌책 깨고 있거든. 지금은 「얼음과 불의 노래」 시리즈 읽어. 혼자 읽는 건 아니고, 어떤 어르신한테 읽어 드리고 있어. 드라마 〈왕좌의 게임〉 원작 말이야."

덧붙인 말에 캐시가 눈알을 굴렸다. 설마 자기가 〈왕좌의 게임〉 원작을 모르겠냐는 듯이.

캐시에게 내가 어쩌다 노인주간보호센터에 이르렀는지 설명할 엄두는 나지 않았다.

"그, 내가 봉사하는 곳에 모나한 씨라고 있거든. 일주일에 세 번 아침마다 읽어 드려."

"오, 멋지다."

캐시가 영혼 없이 감탄했다. 마치 누군가가 희귀 우표를 모은다거나 밤마다 3시간씩 저글링을 연습한다는 말을 들은 것처럼.

"그분이 그 책을 좋아하셔?"

"지금 우리는 서로의 유일한 친구거든."

여름 내내 머릿속에 맴돌던 청승맞은 농담을 다른 사람도 아닌 캐시 라미레즈 앞에서 내뱉을 줄이야.

"어쨌든, 그래, 그 책에 푹 빠지셨어. 특히 참수 장면에 환장하시지."

캐시가 코 먹는 소리를 내며 웃었다. 캐시와 전혀 어울리지 않는 웃음이었다.

"완전 웃프다. 그래도 좋아하시니 다행이네!"

"다행이지."

나는 캐시가 날 짠하게 여기지 않고 웃어서 안도했다.

"네 친구들은 다 어디 가고?"

"네 친구들은?"

내가 파란 옷을 입은 노인들을 향해 턱짓하며 말했다. 내가 정말 다른 사람도 아닌 캐시하고 이런 얘기를 해도 되나?

“물놀이 갔을 거야. 아니면 약에 취해 있거나.”

캐시가 말했다. 에라, 나도 모르겠다.

“내 쪽도 마찬가지일 거야. 이제 옛 친구들이지만.”

“그래서 다 끊어 낸 거야? 다들 틈만 나면 약에 취해 있어서?”

캐시가 물었다. 이번에는 진지하게.

“뭐…… 어느 정도는.”

나는 심호흡했다. 정말 지금 이 얘기를 하자고?

“나머지 이유는?”

캐시는 딱히 가십거리를 원하지 않는 것처럼 부드럽게 파고들었다. 나는 아랫입술을 내밀고 코 위로 숨을 훅 내뱉었다. 젠장, 그래, 캐시는 나에게 지극히 개인적인 이야기를 들려줬다. 나도 그래야 마땅했다.

“내 원래 친구들은 약에 빠졌어.”

나는 캐시가 독실한 신앙인임을 의식하고 부연했다.

“나쁜 애들은 아니야. 그냥…… 모르겠다, 나쁜 선택을 좀 했어.”

“그럴 수 있지. 나도 떨 몇 번 시도했는데, 별로더라. 내 취향은 아니었어.”

캐시가 옅게 웃으며 말했다. 대마초를 피우는 캐시 라미레즈를 상상하긴 어려웠지만, 거짓말은 아닌 듯했다.

“나는 좀 보수적이었나 봐. 친구들이 다 빠지기 전에는 특별히 의식하지 못했지만.”

“전부 다 그렇게 된 거야?”

"옛 친구들만."

"그럼 새 친구들은?"

"종말의 시기에 라스베이거스로 가라는 계시를 받을 놈들이지."

"에이."

캐시는 눈을 가늘게 뜨고 날 바라봤다.

"제이컵 콜러 알아? 토미 리치먼은?"

캐시는 고개를 끄덕였다.

"알아, 풋볼팀이잖아. 네가 그쪽이랑 친한 줄은 몰랐네. 공통점이 별로 없을 것 같은데."

"없어."

"그럼 왜……?"

내가 몸을 기울이자 캐시도 내 쪽으로 몸을 기울였다. 나는 호흡을 가다듬었다. 그래, 알렉스 콜린스와 캐시 라미레즈의 진실 게임. 어디 해보자.

"내 친구 얘기 하나 할게. 완전히 지어낸 가상의 이야기야. 그 친구를…… 알렉스라고 하자. 알렉스는 오랜 친구들이 다 술과 약에 절어서 더는 예전처럼 어울릴 수 없다는 사실을 깨닫고 몹시 우울했어. 걘 일주일에 삼사 일 동네 피자집에서 피자 굽는 일을 했는데, 동료 중에 제이컵과 토미라는 녀석이 있었어. 솔직히 얼간이들이었지. 어느 날 야간 근무 중에 걔네가 알렉스의 오랜 친구들을 비웃으며 시시덕거렸어. 툭하면 그랬지. 검은 매니큐어를 바르고 다닌다느니, 눈에 거슬리는 짓만 한다느니 하면서. 알렉스에게는 나름 친근하게 굴지만, 아마 뒤에서는 마찬가지로 비웃었을 거야. 그런데 그날 밤 녀석들이 제시 퀴노네스를 찌질이라며 놀릴 때 알렉스는 불쾌해하며 자리를 뜨지 않았어. 오히려 같이 비열한 말을 하며 맞장구쳤지. 놀랍게도 기분이 썩 좋았어."

나는 이 이야기를 아무에게도 한 적이 없다. 누구한테 말하겠는가? 가장 이야기하고 싶은 사람이 사라졌는데. 나는 곁눈질로 캐시의 반응을 살폈다. 지금 이런 곳(웬디 데이비스가 임신 중단 관련 사연을 읽는 텍사스 주의회 의사당 상원 본회의장 방청석)에서 이런 얘기를 하니 내 치부를 적나라하게 까발리는 기분이었다.

"너랑 제시 퀴노네스가 친하다는 건 알고 있었어. 정말 유감이야."

캐시가 나직하게 말했다. 나는 시선을 깔고 고개를 끄덕였다. 위로를 받는 게 불편했다. 특히 지금은. 제시의 죽음이 남들 입에 어떻게 오르내렸을지 생각하기 싫었다. 감정이 북받쳐서, 나는 이야기를 이어 갔다.

"알렉스는 제이컵과 토미와 어울리기 시작했어. 처음에는 재밌었어. 퇴근 후에 제이컵의 집에 가서 포커를 치거나 번화가에 가거나 했지. 옛 친구들과는 하지 않는 일이었어. 새 친구들은 음악이나 영화 감상에는 관심 없었어. 포커 칠 때 다른 얼간이들을 불러서 '남자들의 수다'를 떨곤 했지. 다들 제이컵을 대단히 잘난 놈처럼 추켜세웠어. 녀석이 하는 모든 말을 명언처럼 떠받들고."

캐시는 다시 나를 바라봤다. 이번에는 우려 섞인 눈으로.

"그런데 왜 너는……."

내가 고개를 숙이고 도리질 치자 캐시가 말을 고쳤다.

"왜 네 친구 알렉스는 좋아하지도 않는 녀석들하고 어울렸대?"

나는 어깨를 으쓱했다.

"글쎄, 걔가 달리 누구랑 어울리겠어? 양로원에서 까칠한 퇴역 군인에게 판타지 소설을 읽어 주며 놀까?"

"나쁘진 않을 것 같은데."

"어쨌든 그게 내 첫 번째 선택은 아니었어."

캐시는 고개를 끄덕이며 나와 눈을 맞췄다. 다 이해한다는 듯한 표정이었다. 더는 듣기 싫다고 해도 할 말 없는데, 계속 이야기하라고 격려했다.

"어쨌든, 알렉스는 그렇게 지내고 있었는데, 어느 날 밤, 퇴근 후에 제이컵과 토미가 드라이브나 하러 가자고 했어."

이 대목은 특히 꺼내기 어려웠다. 생각만 해도 부끄럽고 괴로웠다. 그 심정이 얼굴에 고스란히 드러났는지, 캐시는 내 손등 위에 자기 손을 포갰다. 나는 평정심을 회복하고서 말을 이었다.

"알렉스는 운전을 잘 못했는데, 그날 밤 제이컵이 자기 머스탱을 몰아 보겠냐고 묻길래 좋다고 했어. 색다른 경험일 것 같았거든. 그렇게 운전대를 잡고 녀석들이 지시하는 대로 가다 보니 텍사스대 윗동네로 접어들었어. 그제야 목적지를 깨달았지. 옛 친구 제시 퀴노네스의 집이었어."

기어이 이 얘기를 캐시에게 하다니. 고해성사도 안 한 지 몇 년째인데, 지금 나는 내가 저지른 최악의 일을 내가 아는 최고로 예쁜 애한테 털어놓고 있었다. 문득 뒤에서 마샤가 듣고 있을지도 모른다는 생각이 들어서 목소리를 낮췄다. 마샤가 웬 고등학생들의 일화에 신경을 쓸 리 없겠지만, 어쩔 수 없다. 나는 고개를 숙인 채 말을 이었다.

"그래서 그때 알렉스가 운전하면서 제이컵과 토미에게 뭐라고 했을까? 이건 아닌 것 같다고 했을까? 지금 뭐 하러 가냐고 했을까? 아니, 알렉스는 아무것도 묻지 않았어. 알고 싶지 않으니까. 그냥 닥치고 운전하는 게 더 쉬우니까. 그냥 제이컵이 일러 주는 대로 따랐지. '여기서 좌회전, 여기서 우회전, 여기서 멈춰.' 당연히 제시 퀴노네스의 집 앞이었어. 진입로에는 제시의 친구들 차가 줄줄이 서 있었고, 차고 건물 창문에서 텔레비전 불빛이 보였어. 알렉스는 누가 볼까 봐 전조등을 껐어. 들키면 얼마나 끔찍하겠어? 제이컵과 토미가 차에서 내려서 트렁크를 열고 뭘 주섬주섬 챙겼어. 제이컵은 벽돌을 던져 제시의 여자친구 차 뒷유리를 깨부수고, 토미는 빨간 페인트 한 통을 그 차, 진입로, 제시네 엄마 차 위로 마구 뿌렸어. 그러고는 다시 머스탱에 올라탔지. 차 경보음이 터지고 차고 건물 불이 켜지자 알렉스는 그대로 차를 몰고 줄행랑쳤어."

"세상에."

캐시가 탄식했다. 나는 날 향한 캐시의 연민이 경멸로 바뀌었으리라 확신했다. 하지만 막상 마른세수를 하고 고개를 들어 보니 캐시는 그저 놀란 기색이었다.

"제이컵 콜러랑 토미 리치먼이 정학 먹었다는 얘기는 들었어. 그런데 네가 그 일에 연루된 줄은 몰랐어."

나는 고개를 끄덕였다.

“나는 벽돌을 던지거나 페인트를 뿌리진 않았지. 그런 짓을 시켜도 안 했을 테고. 내가 한 행동이 떳떳하지는 않지만 나한테도 선이란 게 있으니까. 다음 날 아침 퀴노네스 부인에게 전화해서 어떻게 된 일인지 털어놓았어.”

“와우.”

캐시는 너무 착했다. 나는 그런 감탄사를 받을 자격이 없었다.

“그래야만 했어. ‘내 친구들’이었잖아, 캐시. 더는 같이 어울리지 않고 악감정도 좀 있었지만, 만약 그날 밤이 두어 달 전이었다면 나도 그 차고 건물 안에 있었을 거야. 제시나 걔 여자친구 시린한테는 말 못 해도 그 일을 바로잡을 수 있는 누군가에게 말해야 했어. 그래서 제시네 엄마에게 전화했고, 제시네 엄마가 같이 경찰서에 가자고 하셔서 그렇게 했어. 나는 기소 유예 처분으로 끝났어. 무슨 일이 벌어질지 모르고 갔고, 직접 행위에 가담한 게 아니라는 점이 참작돼서. 사회봉사 좀 하고 얌전히 지내면 기록에 남지 않을 거라더라. 경찰한테 다른 친구들을 사귀라는 조언을 들었지. 떠나면서 제시네 엄마가 날 안아 줬는데, 그게 더 괴로웠어.”

“왜?”

가장 밝히기 힘든 부분이었지만, 내 긴 이야기를 경청해 준 캐시에게 대충 얼버무릴 수 없었다.

“그분은 여전히 날 자기 집에 와서 만화를 그리고 음악을 듣고 쿠키를 먹던 착한 아이처럼 대했거든. 나는 그런 애가 아닌데. 나, 제시, 제시 여친, 다른 친구들 모두 더는 착한 아이가 아니었는데, 그분은 전혀 몰랐던 것 같아. 차고 건물 안에서의 상황이 맥주와 대마초를 넘어섰다고 말해야 할 것 같은데, 어떻게 말해야 할지 모르겠더라."

캐시의 다시 내 손을 잡아 꽉 쥐었다. 제시의 죽음은 지난 3월 가장 뜨거운 화제였다. 캐시가 가십에 관심이 없다고 해도 제시에게 무슨 일이 있었는지 모르진 않을 것 같았다. 모른다 해도 차마 내 입으로 말할 수 없었다. 내가 마침내 말했다.

"제시를 두 번 배신한다고 생각하니 입이 안 떨어지더라. 하지만 그때 말해야 했어. 정말로."

## 오후
# 3시 31분

내 '친구' 이야기를 마치고 나니 가죽까지 발가벗겨진 기분이 들었다. 힘겨웠던 어린 시절에 잠시 위로가 되었다고 내가 좋은 녀석인 줄 믿는 이 예쁜 여자애한테 내 가장 어두운 비밀을 털어놓았다는 게 믿기지 않았다. 웬디 데이비스의 나지막한 목소리가 아닌 다른 목소리가 들리고 나서야 내가 지금 어디 있는지 자각했다. 듀허스트 의장이 '듀엘 상원의원'이라고 부른, 숱 적은 금발 남자가 자리에서 일어났다. 의장이 웬디 데이비스에게 발언권을 넘기겠냐고 물었다. 4시간 동안 5초 이상 쉬지 않고 말을 이어 가느라 몹시 지쳤을 텐데도 웬디 데이비스는 "질문하시면 기꺼이 답변해 드리겠습니다, 듀엘 상원의원님. 하지만 발언권을 양보하지는 않겠습니다"라고 답했다.

의사가 조율되자, 듀엘 상원의원은 질문을 개시했다. 캐시는 못마땅하다는 듯 고개를 절레절레했다.

"무슨 일이야?"

내가 물었다. 캐시가 아랫입술을 깨물었다.

"모르겠는데, 데이비스를 돕고 있네."

"정말? 왜?"

"글쎄, 주목받고 싶어서?"

캐시는 설명을 구하는 얼굴로 파란 옷을 입은 어른들을 돌아봤다. 뒤에서 마샤가 몸을 기울여 끼어들었다.

"듀엘은 좋은 쪽이야. 데이비스에게 아주 난처한 질문들을 던질 거야. 지켜봐."

"그게 무슨 상관인지 모르겠어요. 어쨌거나 그 덕에 데이비스는 한숨 돌리고 있잖아요."

캐시가 말했다. 아침에 캐시가 상원의 다른 민주당 의원들이 웬디 데이비스에게 질문함으로써 쉴 틈을 줄 수 있다고 말한 게 기억나는데, 왜 지금까지는 그렇게 하지 않은 걸까?

"듀허스트가 의장으로서 지금까지 질문을 못 받게 했어. 다른 의원들에게 발언권을 주지 않았거든. 우리가 이기려면 계속 그래야 하는데."

캐시가 설명했다. 그러고는 날 향해 짜증 난 표정을 지었다.

"이것도 꼼수처럼 보여?"

나도 알 수 없었다. 웬디 데이비스의 필리버스터니 웬디 혼자서 말해야 하는 거 아닌가? 나는 텍사스 주 상원 규칙에 대해서는 문외한이었다.

방청석에 입장한 뒤 나름대로 경청하고 있었지만 본회의장에서 벌어지는 실제 회담을 따라가기 어려웠다. 임신 중단 또한 내가 잘 아는 영역이 아니었다. 기본적으로 듀엘은 모든 사연이 안타깝긴 하지만 그 여성들이 임신 중단 때문에 모욕을 겪은 것이기도 하다며, 이 법안도 그처럼 모욕적이라고 생각하는지 웬디 데이비스에게 물었다. 마치 자기편은 중단 시술이 더 안전하기만을 바라며 당사자들의 감정을 상하게 할 의도가 전혀 없다는 듯한 태도였다.

"이해가 안 돼. 저 의원은 사람들이 이 문제로 서로 헐뜯고 욕하는 걸 모르나? 아까 밖에서 봤는데 웬 남자가 웬 여자를 '사탄의 숭배자'라고 욕하고, 그 여자는 찬송가를 부르는 사람들한테 '사탄 만세'라고 외치더라고. 양쪽 다 무례하게 굴던데."

내가 말하자 캐시가 경악했다.

"헉, 사탄 만세? 미친."

나는 그 말을 그저 상대편을 비꼬거나 약 올리려는 말로 들었는데 캐시는 그 여자가 실제로 악마에 씌었다는 듯이 반응했다.

"뭐……. 하지만 저 의원은 지금 이 모든 걸 감정적으로 받아들여선 안 된다고 말하는 거 아니야? 내가 보기엔 엄청나게 감정적인 문제 같은데."

"물론 감정적인 문제지. 아기들의 생명이 걸린 문제잖아."

캐시가 말했다. 정말 그렇게 간단한가? 물론 캐시가 여기 있는 이유는 강제로 유산되는 아기들을 위해서였다. 하지만 주황 티를 입고 지하층에 있는 시린은 이 모든 게 여성의 권리를 위한 싸움이며 임신 중단을 제한하는 것은 신체 주권을 박탈하는 것이라고 믿고 있다. 이렇게 근본적인 의견 차이가 있으니 주황 팀과 파란 팀이 같은 공간에 있을 때마다 서로 핏대를 세울 만도 했다.

웬디 데이비스는 듀엘의 질문에 대한 답으로 해당 법안이 임신 중단을 희망하는 여성에게 얼마나 모욕적인지 설명하겠다며 '통원수술센터 요건'부터 시작하겠다고 밝혔다. 역시 한마디면 충분할 말을 열 마디로 늘려서 말했지만, 이어진 발언들은 내가 내내 가려웠던 부분(사람들이 그토록 중요하다는 사안에 대해 정직하게 터놓고 논의하지 않는다는 것)을 긁어 주었다. 데이비스에 따르면 현재 텍사스 주에는 마흔두 개의 임신 중단 시술소가 있으며 그중 다섯 곳만이 통원수술센터 요건을 갖췄다. 그는 이 법안이 통과되면 그 외 모든 시술소가 문을 닫을 텐데 그게 어떻게 법안의 요지인 '보다 안전한 임신 중단'이 될 수 있는지, 현재의 임신 중단 환경이 얼마나 안전하지 않길래 요건을 충족하지 않는 시술소를 모두 폐쇄해야만 하는지 공화당 의원들에게 물었으나 아무런 답변을 받지 못했다고 했다. 데이비스가 생각하기에 공화당이 내세우는 안전한 임신 중단은 그저 구실이며, 헌법상 임신 중단을 전면 금지할 수 없기에 안전에 신경 쓰는 척할 뿐이었다.

"안전이라는 명목 뒤에 숨은 진짜 의도는 텍사스 주에서 이미 안전하고, 건전하고, 합법적으로 이루어지고 있는 시술에 대한 여성의 접근을 제한하려는 것 아닐까요?"

데이비스가 물었다. 나는 듀엘의 답변을 듣기 위해 귀를 세웠다. 캐시가 주장하듯 아기들을 살리기 위한 일이라고 답변하리라 짐작했다.

하지만 듀엘은 그러지 않고, 웬디 데이비스가 그렇게 생각하는 것을 트위터 여론 탓으로 돌리며 동료 상원의원들이 안전하고 건전하고 합법적인 임신 중단을 막으려 한다고 '진심으로' 믿느냐 되물었다. 슬쩍 옆을 보니 캐시는 여전히 이 남자가 웬디 데이비스에게 쉴 틈을 주고 있다는 사실이 못마땅한 기색이었다. 그보다 이 남자가 시치미를 떼고 있다는 사실이 못마땅해야 하지 않나? 웬디 데이비스는 당연히 동료 상원의원들이 그러려 한다고 믿을 터였다. 그야 그게 모든 파란색이 바라는 바니까. 왜 이 남자는 진실을 말할 수 없는 걸까?

대화가 계속되면서 양측이 서로의 말에 귀 기울이지 않고 딴소리하는 걸 지켜보고 있자니 진이 빠지는 기분이 들었다. 그런데도 한 가지 사실이 뇌리에 남았다. 웬디 데이비스가 듀엘 의원에게 이 법안이 실제로 텍사스 여성을 어떻게 보호할 수 있는지 물었을 때, 듀엘은 대답하지 못했다.

# 오후 3시 52분

데이비스와 듀엘이 질의응답을 시작한 이후 상황이 이상하게 흘러갔다. 어느 시점에 데이비스가 듀허스트 의장을 '위임된 권한을 남용하고 있다'며 비난하기 시작한 것이다. 듀허스트는 방어적인 태도를 보였으나 방청석에서는 박수갈채가 터져 나왔다. 내 주위의 파란 옷들만 고개를 절레절레 흔들었다.

소란이 가라앉자 한 상원의원의 요청으로 듀허스트 의장이 방청석을 향해 의사 진행 방해 시 어떤 처벌을 받게 되는지 경고했다. 그 처벌이란? 감옥행이었다. 듣자 하니 그는 '무례' 또는 '무질서한 행동'을 저지른 방청객을 48시간 동안 유치장에 가둘 수 있었다. 얌전히 굴지 않으면 싹 다 잡아넣겠다는 뜻이었다. 재산 손괴 혐의로 기소 유예를 받은 내가 캐시 라미레즈와 주 상원 회의를 참관했다는 이유로 철창신세를 지면 우리 엄마가 얼마나 놀랄까?

어쨌든 우리가 협박성 경고를 받은 뒤에도 데이비스와 듀엘의 질의응답은 계속되었다. 자정까지 쉬지 않고 말해야 하는 데이비스는 그렇다 치고, 그를 지쳐 나가떨어지게 해야 하는 듀엘이 계속 발언에 참여하는 이유는 명확하지 않았다.

'무질서한 행동'에 옆 사람에게 말을 거는 것도 포함되나? 운에 맡기기로 했다.

"아주 흥미진진하네."

나는 지루한 공방을 벌이는 주 상원의원들을 향해 턱짓하며 말했다.

"내 말이. 내가 이 법안 5페이지 1줄에 무슨 내용이 있는지 궁금해 죽는 줄 어떻게 알고 줄줄 읊어 주다니."

"까칠해졌네. 그 안에 그래놀라 바 없는 거 맞아?"

나는 캐시의 가방을 가리켰다.

"나한테 줄 사과 한 알이라도 없으면 음식 얘기 꺼내지 마."

나는 한숨을 쉬었다.

"이럴 줄 알았다면……. 그래도 저 박진감 넘치는 공방전을 보며 손톱만 씹을 순 없지. 의사당에 꽤 괜찮은 카페테리아가 있잖아. 잠깐 나가서 제대로 요기 좀 하고 오는 거 어때?"

"그러고 싶어, 정말로."

"오늘 아무것도 안 먹을 작정이야?"

"웬디 데이비스가 발언을 마칠 때까지는. 저 사람이 자기 신념을 위해 아무것도 안 먹고 화장실도 안 간다면 나도 그렇게 할 거야."

캐시가 단호하게 말했다. 맙소사. 뭐 이런 애가 다 있지? 한때 나는 친구들과 주말 내내 잠도 안 자고 에너지 드링크를 마셔 가며 게임 진도를 어디까지 뺐는지 서로 뻐기곤 했는데, 그런 자랑은 지금 단식 투쟁을 하는 캐시 앞에서 하찮고 유치하게만 느껴졌다.

경의를 표하고 싶지만 어색하게 들릴 것 같았다. 그 대신 나는 옥수수를 먹듯이 손날을 씹는 시늉을 했다.

다행히 캐시가 피식 웃었다.

"오, 투명 샌드위치! 그 생각을 못 했네."

"내가 잔머리를 좀 굴리거든."

캐시가 미안한 표정을 지었다.

"나랑 계속 같이 있을 필요 없어, 알지? 뭐 좀 먹고 와도 돼."

나는 상처받은 척했다.

"날 쫓아내려는 거야, 캐시?"

"에이, 설마. 이 말세의 공포에서 벗어나게 해 줘서 얼마나 고마운데."

캐시가 본회의장을 향해 손으로 드럼을 치는 시늉을 하며 두둥탁, 소리를 냈다. 내가 떨떠름하게 웃자 캐시는 눈썹을 곤두세우며 어깨로 날 쿡 찔렀다.

"뭐야, 그 반응은?"

"너 괴짜였구나."

내가 불쑥 뱉었다.

"누가 할 소리?"

캐시가 불쾌한 척하며 말했다.

"아니, 미안, 그냥…… 왜, 너도 그럴 때 있잖아. 누군갈 먼발치에서만 보고 어떤 애일 거다 짐작했는데, 막상 말을 섞고 보니 썰렁한 농담을 할 때 두둥탁 소리를 내는 애라는 걸 깨닫는 순간."

"내 농담이 썰렁했어?"

캐시가 눈물을 훔치는 시늉을 했다. 내가 '정말 미안한데 사실이야'라고 말하는 듯한 표정으로 어깨를 으쓱하자 캐시가 웃었다.

"뭐, 이해해. 누구나 남에 대한 선입견이 있지. 나도 너에 대해 초등학교 때부터 생각해 온 이미지가 있는걸."

캐시가 지난 몇 년 동안 날 한 번이라도 생각했다는 사실이 놀라웠지만, 그 이미지가 어떤 이미지든 내가 옛 친구들과 얽힌 일화를 털어놓으며 말아먹었을 것이다. 모지에 신부님에게 파란 티를 얻은 것조차 솔직히 말하지 못했다.

내 착잡한 마음을 읽었는지 캐시가 부연했다.

"아까 너도 말했듯이, 모두가 날 '착한' 애로 여겨. 그게 내가 음악실에서 생각했던 네 이미지야. 단순히 착한 남자애. 그런데 그게 네 전부는 아니지. 넌 복잡하고 흥미로운 사람이야."

오, 이런. 얼굴에 피가 급격히 쏠려서 뇌졸중 환자처럼 보일 것 같았다. 나는 그저 캐시가 눈치채지 않길 바랐다.

"숨기는 것보다 나아, 알렉스. 괴짜 같은 면이 좀 드러나더라도."

캐시가 말을 이었다. 얼굴이 여전히 뜨겁지만, 뭐라도 말해야 했다.

"넌 보통 괴짜가 아니야. 책 취향도 정말 이상해."

좋아, 알렉스. 잘하고 있어.

캐시는 빙그레 웃었고, 나는 다시금 내가 캐시의 급에 안 맞는다는 사실을 깨달았다. 하지만 맞는 애가 얼마나 될까?

아침부터 줄곧 의아했다. 캐시에게는 부르기만 하면 주의회 의사당에 파란 옷을 입고 나타나 방청석에서 같이 빈둥거려 줄 친구가 없나? 누구든 캐시 라미레즈 곁에서 최대한 많은 시간을 보내고 싶지 않을까? 어쩌면 오늘 내가 본 신념과 뚝심은 우리 학교 애들이 캐시 라미레즈 같은 애한테서 기대하는 자질이 아닐지도 몰랐다.

따분한 공방 도중 웬디 데이비스 쪽 통로에서 젤을 잔뜩 바른 검은 머리 남자가 나서서 데이비스에게 발언권을 양보하겠느냐고 물었다. 데이비스는 발언권을 양보하지는 않겠지만 자신이 발언권을 유지하는 동안 발언해도 좋다고 답했다.

우리 뒤에서 마샤가 불쾌한 낯으로 고개를 절레절레했다.

"하느님께서 어젯밤에 이 일을 끝낼 기회를 주셨는데, 저기 저 민주당 의원 에디 루시오가 일을 그르쳤어. 우리 편에 서야 할 가톨릭 신자인데 말이야."

"뭐가 어떻게 된 건데요?"

캐시가 물었다.

"어제 절차적 투표*가 있었어. 우리가 이겼다면 필리버스터가 벌어지는 토론 단계를 생략하고 어젯밤에 법안을 표결에 부칠 수 있었어. 어젯밤엔

• procedural vote. 법안에 대한 표결을 진행할지 여부를 묻는 투표.

법안 통과에 충분한 표가 있었으니까. 그런데 루시오가 표심을 바꾸는 바람에 이제 우리는 이 지난한 과정을 끝까지 지켜봐야 해."

"진짜 이상하네요. 왜 마지막에 표심을 바꿨대요?"

내가 물었다.

"어젯밤에 우리가 표결을 요청할 때 민주당 상원의원 한 명이 이 자리에 없었거든. 루시오가 그 사람 편에 투표했어."

"어떻게 상원의원이 이렇게 중요한 자리에 불참해요? 여기 있는 이 수많은 일반인도 참석했는데?"

나는 방청석을 훑듯이 손짓했다. 캐시가 어깨를 으쓱하며 두 눈을 비볐다.

"반 데 푸테라는 의원인데, 지난주에 아버지가 교통사고로 돌아가셨어. 어제가 장례식이었대."

또다시 속이 울렁거렸다. 승리를 위해 반칙을 서슴지 않는 팀을 응원하고 있는 기분이 들었다.

"잠깐, 그럼 그 의원이 결석할 걸 알고서도 표결을 강행한 거야? 그 의원에게 이 자리에 참석할지, 아버지 장례식에 참석할지 선택하도록 강요한 거나 마찬가지네?"

캐시는 본회의장에서 눈을 떼지 않았다.

"그래. 뭐, 나도 반 데 푸테의 마음은 이해해. 교통사고로 부모님을 잃은 기분을 잘 아니까."

하지만 그 누구도 캐시가 부모님 장례식에 불참할 만한 상황을 만들지 않았을 거다. 나도 당연히 참석해야 할 장례식에 불참한 적 있지만, 캐시에게 말하지는 않았다.

캐시가 말을 이었다.

"그래서 저 루시오라는 의원이 어젯밤에 그들 편에 표를 던졌나 봐. 나라면 어떻게 했을지 모르지만, 지금 이건 아기들이 걸린 문제잖아. 아마 나는 아기들을 구하는 걸 우선했을 거야."

본회의장에서 에디 루시오가 바로 그 얘기를 하고 있었다.

"저는 제 양심에 따랐을 뿐입니다."

이어서 그는 웬디 데이비스가 낭독했던 편지를 언급했다.

"모두 가슴 절절한 사연이었고, 의원님이 우리 사회에 여성이 직면한 어려움을 토로하며 눈물을 훔칠 때 저도 울컥했습니다. 하지만 한편으로는 태어나지도 못해서 입법자들에게 편지를 보낼 수 없는, 그리하여 삶의 기회를 준 어머니를 향해 감사를 나눌 수 없는 5600만 명의 아기들에 대해서도 생각하지 않을 수 없었습니다."

캐시가 팔꿈치로 내 옆구리를 찔렀다.

"들었지? 내 말이 그 말이야. 그 아기들이 투표할 수 있었다면 이런 일은 일어나지 않았을 거야."

그 아기들이 네 편일지 어떻게 알고? 나는 그 말을 속으로 삼키고 본회의장에 귀를 기울였다.

웬디 데이비스는 루시오 상원의원에게 경의와 찬사를 듬뿍 늘어놓은 뒤 말을 이었다.

"이 특정 사안에 대해 우리의 견해가 서로 달라서 유감입니다. 제가 듣기로 의원님은 이 법안이 통과되면 텍사스 주의 임신 중단 건수가 줄어들리라 전망하시는 것 같습니다."

데이비스는 이 대목이 매우 중요하다는 듯이 강조하며 말을 이었다.

"하지만 그것은 이 법안의 공식적인 목적이 아닙니다. 제가 알기로 이 법안의 공식 취지는 여성에게 더 안전한 임신 중단 환경과 더 나은 의료 서비스를 제공하는 것입니다."

말 잘했네요, 웬디 데이비스. 나는 캐시를 생각해서 애써 무표정을 유지했지만 속으로는 조금 통쾌했다. 캐시는 현재 텍사스 주의 임신 중단 시술이 여성에게 안전하지 않아서 이 자리에 있는 것이 아니었다. 캐시는 어머니가 임신 중단을 선택하지 않아서 자신에게 삶이 주어졌기에 이 자리에 있는 것이었다. 나는 그 마음을 지지하기 위해 파란 티를 입었는데, 왜 파란 티에는 '텍사스 아기 보호'가 아닌 '텍사스 여성 보호'라고 적혀 있는 걸까? 왜 태어나지도 못한 5600만 명의 아기들에 대해, 에디 루시오라는 상원의원만 이야기하는 걸까? 캐시는 임신 중단이 '어디에서도' 일어나지 않기를 바라면서 왜 임신 중단이 통원수술센터에서 이뤄지길 바란다고 주장하는 정책 입안자들을 지지하는 걸까?

나는 캐시에게 말을 걸었다.

"난 저 남자가 마음에 들어. 왜 다른 사람들은 그냥 임신 중단을 금지하자고 하지 않고 임신 중단을 더 안전하게 만들자고 하는 거야?"

"연방 대법원이 임신 중단을 헌법에 명시된 권리라고 판결했잖아.

1973년 '로 대 웨이드' 판결로. 헌법의 어디에 그런 내용이 있는지 모르겠지만, 어쨌거나 임신 중단을 금지하는 건 위헌이고, 지금으로서 임신 중단을 막을 수 있는 최선은 의료 수준을 올리는 법을 통과시키는 거야. 그로써 임신 중단이 더 어려워진다면 뭐, 그저 '부작용'이지."

캐시가 반어법으로 강조했다.

"글쎄, 사실상 그건 모든 사람에게 거짓말을 하는 거 아니야?"

나는 마침내 속말을 꺼냈다. 그리고 내가 입은 티셔츠를 가리켰다.

"그러니까, 시술소들을 폐쇄해서 텍사스의 임신 중단 건수를 줄인다면 '텍사스 여성 보호'는 그저 빈말이잖아?"

"살아남는 아기들 절반은 텍사스 여성이 될 거야. 그게 전부야. 왜 네가 그렇게 정치적인 데 집착하는지 모르겠어. 정치는 수단이고, 원래 진흙탕 개싸움이야."

이제껏 캐시에게 들은 말 중에 가장 욕에 가까운 소리였다. 캐시는 악을 쓰듯이 속삭였다.

"난 정치에 관심 없어. 옳은 일을 하기 위해 '아기 보호'가 아닌 '여성 보호'를 외쳐야 한다면 얼마든지 외칠 거야. 나는 저 정치인들이 아닌 아기들을 위해 싸우고 있어. 아기들을 구하는 일에 정치적 편법이 좀 동원되면 어때? 그 결과로 삶을 얻은 아기들은 감사하게 생각할 거야."

나는 캐시의 말에 반박할 수 없었지만, 만약 데비 모나한이 이 자리에 있었다면 반박했을 거다. 나도 딱히 정치에 관심 없지만, 이건 진정한 토론이 아니었다. 나는 그저 모든 사람이 의도를 숨기지 않고 정직하게 자신의 의견을 피력하길 바랐다. 더 설득력 있게 말하는 쪽이 이겨야 했다.

지금까지 웬디 데이비스는 동료 의원들의 질문에 답변하고, 사실상 같은 말을 하는 사람들의 사연을 수십 건 공유하고, '여성 건강'과 임신 중단에 관한 지역신문 기사들을 낭독하며 장시간 발언을 이어 가고 있었다. 내가 또 다른 임신 중단 관련 기사를 듣는 둥 마는 둥 하던 중, 뒤에서 마샤가 잔뜩 들뜬 얼굴을 들이밀었다. 대머리에 산타클로스처럼 흰 수염이 덥수룩한 상원의원이 자리에서 일어났을 때였다.

"오, 시작하려나 보다. 잘 봐, 토론을 종결시키기 위한 다음 전략이니까."

마샤가 확신에 찬 어조로 말했다. 반박하는 사람은 가만두지 않겠다는 듯한 기세였다. 포커를 칠 때 제이컵 콜러가 자기 패를 과장하던 말투와 비슷했다.

듀허스트 의장이 데이비스의 발언 도중 산타클로스 의원을 향해 물었다.

"니콜스 의원님, 무슨 목적으로 일어나셨습니까?"

가족계획연맹의 정부 지원금 관련 기사를 낭독하던 웬디 데이비스가 말을 멈추자 산타클로스가 빙그레 웃고는 물었다.

"의장님, 규칙 4조 3항에 따르면 연방 정부 예산이 해당 법안과 밀접한 관련이 있습니까?"

"아니요."

듀허스트가 기쁜 기색으로 말했다. 산타, 그러니까 니콜스 의원이 고개를 끄덕였다.

"데이비스 의원님이 주제에서 벗어난 이야기를 하는 것 같습니다."

# 오후 5시 48분

니콜스의 발언에 장내의 분위기가 바뀌었다. 미묘하지만 긴장감이 감돌기 시작했다. 주황 팀은 초조한 듯 앉은 자리에서 몸을 앞으로 내밀었고, 내 주변 파란 팀은 계획대로 진행되고 있다는 듯 만족스러운 미소를 지었다. 본회의장에서 웬디 데이비스가 왜 가족계획연맹의 예산 얘기를 했는지 설명하는 사이 민주당 상원의원 한 명이 데이비스의 뒤에 섰다.

나는 그 의원이 누군지 알아봤다. 커크 왓슨은 오스틴에서 유명한 인물이었다. 숱 적은 백발에 순박한 미소가 낯익었다. 내가 열두 살 때인가 CNN에서 무식한 텍사스 시골뜨기처럼 말해서 인터넷 밈으로 돌아다녔던 남자였다.

웬디 데이비스는 방금 자신이 말한 내용이 법안과 관련 있다고 주장했다. 그는 이전에도 같은 주제로 발언했지만 당시에는 아무도 지적하지 않았으며, 몇 년 전 가족계획연맹에 대한 정부 지원금이 중단된 것은 상원이 임신 중단에 반대했기 때문이라고 설명했다. 데이비스가 말을 마치자 듀허스트 의장은 자기 뒤에 선 검은 머리에 흰 정장을 입은 여성과 잠시 대화를 나눴다.

"저 여자는 누구야?"

내가 캐시에게 물었다. 캐시가 고개를 틀고 어깨를 으쓱하자 마샤가 몸을 기울여 우리에게 설명했다.

"의회법 고문이야. 상원의 심판과 같은 존재지."

상의를 마친 듀허스트 의장은 자기 마이크를 향해 고개를 수그렸다.

"데이비스 의원님, 저는 가족계획연맹에 할당된 연방 정부 예산이 이 토론과 밀접한 관련이 없다고 생각합니다. 경고로 받아들여 주시기를 바랍니다. 그리고 가능하다면 해당 법안의 내용과 임신 중단에 관한 발언을 유지해 주시기를 바랍니다."

나는 캐시가 한 말을 다시 한번 되새겼다. '정치는 아기를 구하는 수단이야.' 그래, 뭐가 중요한가. 생명은 귀중하다. 사람을 살리기 위해 규칙을 어겨야 한다면 나도 어겼을 거다. 제시를 구할 수만 있었다면 크든 작은 수많은 규칙을 어겼을 거다.

그렇게 합리화하지 않으면 가족계획연맹 예산 삭감은 임신 중단과 밀접한 관련이 '있는' 것으로 들렸다. 나는 캐시를 향해 '중요한 건 따로 있지' 라고 말하듯 씩 웃어 보였다. 한편 장내의 주황 팀은 들썩였다. 캐시만큼이나 투철한 신념을 지닌 시린과 데비가 아래층에서 이 상황을 어떻게 받아들이고 있을까?

웬디 데이비스가 발언을 재개했다. 이번에는 임신 중단의 대안에 관해 이야기하겠다고 밝혔다. 1분이나 지났을까, 또다시 사악한 산타가 일어섰다.

"니콜스 의원님, 무슨 목적으로 일어나셨습니까?"

듀허스트가 물었다.

"규칙 4조 3항의 위반 사항을 지적하기 위해서입니다. 임신 중단에 대한 대안은 상원 법안 5호와 밀접한 관련이 없는 것으로 보입니다."

니콜스의 말에 듀허스트가 다시 의회법 고문과 상의했다. 장내의 긴장감이 고조되었다. 주황 팀은 숨을 씨근덕대고 파란 팀은 기대감에 부풀어 엉덩이를 들썩였다.

"스트라이크 투!"

마샤가 환호했다. 장난해? 방금 웬디 데이비스에게 임신 중단에 관해 이야기하는 건 괜찮다고 했으면서, 막상 임신 중단에 관해 이야기했더니 또 규정을 어겼다고? 고개를 돌리자 마샤의 얼굴에 제이컵 콜러의 미소가 겹쳐 보였다.

제시를 구할 수만 있었다면 어떤 규칙도 어겼겠지만, 문제는 규칙이 아니었다. 부정직함이 문제였다. 내가 제시의 엄마에게 진실을 말했다면 제시는 지금 살아 있을지도 모른다. 진실을 숨김으로써 제시를 보호한다고 생각했지만, 결국 이런 비겁함은 아무에게도 도움이 안 된다. 지금 마샤는 눈가림에 능한 팀의 일원이 되어 자랑스레 웃고 있다. 하지만 한쪽에게 유리한 대로 규칙을 남용할 수 있다면 우리가 여기 있을 이유가 있나?

정치가 조작된 게임이라면 승패는 정해져 있다. 나는 패배할 수밖에 없는 쪽 사람들에게도 마음이 쓰였다. 캐시가 마샤처럼 만족스러워하는 모습을 보기 싫어서 본회의장에 시선을 고정하고 듀허스트와 의회법 고문을 지켜봤다.

마침내 듀허스트가 응답했다. 임신 중단에 관해 이야기하는 한 당장은 발언을 허용하겠지만 추후에 이 문제를 다시 검토할 것이라고 했다. 이제 마샤는 입을 삐죽거리고 나처럼 숨을 참고 있던 주황 팀은 안도의 한숨을 내쉬었다.

캐시가 내 얼굴에서 안도를 읽었다.

"너 설마…… 이제 저쪽 편이야?"

나는 심호흡했다.

"저기, 난 이 모든 게 처음이야. 정치든, 임신 중단이든, 우리가 여기 있는 목적이든. 나도 내 마음을 잘 모르겠지만…… 이건 진정한 토론이 아니잖아. 의도를 숨기고 규칙을 멋대로 갖다 붙이는 건 진짜 아닌 거 같아."

"논쟁하느라 바쁜 와중에 아기들이 죽어 가고 있는데도?"

캐시는 정말 이해할 수 없다는 듯이 물었다. 나는 캐시의 실망에 찬 표정을 피하려고 다시 본회의장에 시선을 고정하고 솔직히 말했다.

"모르겠어. 성당 사람 중에 데비 모나한이라고 알지? 아래층에 주황 옷 입고 '신은 선택파'라고 적힌 피켓을 들고 있어. 내가 책을 읽어 드리는 분이 데비의 아버지인데, 그분도 여기 계셔. 주황 옷 입고."

시린은 뺐다.

"널 실망시키고 싶지 않지만 내가 분명히 아는 건 너도, 데비도, 모나한 씨도 모두 좋은 사람이라는 거야. 그저 신념이 다를 뿐이지. 그래서 나도 내가 뭘 믿는지 알아내려고 해."

털어놓고 말하니 홀가분했다. 솔직하게 말한 점을 인정해 주길 바랐지만, 캐시는 그저 상처받은 표정이었다.

"네가 뭘 믿는지도 모르는데 오늘 여긴 뭐 하러 온 거야?"

캐시가 물었다. 뭐라고 해야 하지? '네가 오래전부터 내 이상형이었고, 모두가 날 괄시할 때 나에게 잘해 줬고, 오늘을 계기로 우리가 친구 이상의 사이로 발전할지도 모른다고 생각해서 이 방청석까지 올라왔다'고?

물론 그중 아무 말도 할 수 없었지만 침묵 속에서 벌게지는 내 얼굴을 보고 캐시는 답을 유추해 냈다.

"허."

캐시가 외마디를 뱉었다. 나는 감히 고개를 들어 배신감에 물든 캐시 라미레즈의 얼굴을 보고야 말았다.

"그러니까, 나랑 어떻게 좀 잘해 보려고?"

"아니, 꼭 그게 아니라, 나는……."

어딘가에 괜찮은 답이 있을까 봐 머리를 쥐어뜯었지만 당연히 없었다.

캐시는 '이런 음흉한 놈을 믿고 내 속이야기를 털어놓다니' 하는 표정으로 날 바라봤다.

"너한테 신념이라는 게 있을지 모르겠다. 난 네가 진짜 좋은 애인 줄 알았는데 그건 그냥 내가 오래전에 알았던 애인가 봐."

그 말이 너무 따가워서 나는 벌레 크기로 쪼그라들어 방청석 난간에서 뛰어내리고 싶었다. 반박하거나 변명할 말이 없었다. 네가 옳다고, 미안하다고 사과하더라도 이 상황을 되돌리기엔 늦은 듯했다.

"가 줄래? 나는 내 편인 사람과 함께 앉고 싶어."

그럴 만했다. 그리고 내가 아무리 원해도 나는 진심으로 캐시의 편이 될 수 없었다. 나는 파란 티를 벗어서 가방에 쑤셔 넣고 텍사스 주 상원 방청석에서 빠져나갔다.

# 오후 6시 1분

젠장. 나는 완전히 바보가 된 기분으로 방청석 문밖에서 숨을 골랐다. 그냥 입 다물고 캐시를 지지해 줄 순 없었나? 누가 봐도 캐시가 나보다 이 문제를 더 잘 아는데. 그냥 묵묵히 편을 들어 줄 순 없었나?

아마 없었을 것이다. 이유는 모르겠지만, 제시를 생각하니 주황 티를 입고 지하층에 있는 시린이 떠올랐고, 그저 내가 좋아하는 여자애를 따라 편을 정하기엔 이 문제는 아주 많은 사람에게 너무 중요한 사안이었다.

본회의장 밖은 시끄러웠다. 마치 전교생이 모인 학교 조례 몇 분 전처럼 왁자지껄했다. 안에서 캐시와 나는 속삭이듯 대화했지만 만약 여기 나와 있었다면 서로의 귀에 대고 소리쳐야 했을 거다.

방청석 대기 줄은 아까보다 길어졌다. 심지어 아침에 왔을 때보다 길었다. 대기자 대부분이 주황 팀이었다. 주황은 주황끼리, 파랑은 파랑끼리 앉는다는 암묵적 규칙에 따라 캐시 옆의 빈자리가 새 주인을 찾기까지는 시간이 좀 걸릴 것 같았다. 캐시 옆에 앉는 사람이 누구든 가장 짙은 파란색이었으면 했다. 그래서 텍사스 상원이 어떤 결정을 내리든 그 사람이 나를 대신해 캐시, 마샤와 함께 그 순간을 진심으로 나누었으면 했다. 나는 그 사람이 될 수 없었다.

갈 곳을 잃었지만 이제 와서 집에 가긴 싫었다. 대기 줄을 거슬러서 엘리베이터 앞으로 가자 주황 팀 세 명이 엘리베이터를 기다리고 있었다.

"왜 이렇게 느리냐."

뾰족뾰족한 머리 모양에 텍사스대 풋볼팀 유니폼을 입은 남자가 발로 바닥을 탁탁 두드리며 말했다.

"네가 강당에 도착하기 전에 필리버스터가 끝나지는 않을 거야."

주황색 빈티지 원피스를 입은 일행 여자가 말했다.

"누가 알겠어. 완전 개판이던데."

띵 소리와 함께 엘리베이터 문이 열렸다. 나도 강당으로 가야겠다고 생각하며 그들을 따라 엘리베이터에 탔다.

엘리베이터는 먼저 로턴더 1층에 섰다. 여긴 더 떠들썩했다. 나는 슬쩍 고개를 내밀어 바깥을 살폈다. 거의 콘서트장을 방불케 하는 인파였다. 누군가와 부딪히지 않고는 걸을 수도 없어 보였다. 시계를 확인하니 6시가 넘은 시각이었다. 퇴근한 직장인들이 합류한 모양이었다. 두 배로 늘어난 듯한 인파는 대부분 주황 팀이었다. 파란 팀은 원래도 소수였지만 이제는 거의 보이지도 않았다.

지하에 도착한 나는 사람들 사이를 비집고 나아갔다. 강당 밖 복도는 붐비긴 해도 로턴더만큼은 아니었다. 강당 안에 들어서니 몇 군데 앉을 자리도 보였다. 하지만 방청석에 너무 오래 앉아 있었더니 엉덩이가 아파서 그냥 맨 뒤쪽에 섰다.

스크린에서는 필리버스터가 계속되고 있었지만, 말하는 사람은 웬디 데이비스가 아닌 커크 왓슨이었다. 그가 장황한 질문을 던지면 웬디 데이비스는 대개 "맞습니다" 하고 단답형으로 답했다. 기본적으로 왓슨은 데이비스가 필리버스터 중에 했던 말을 최대한 장황하게 되풀이한 뒤 1분에 한 번꼴로 데이비드에게 "맞습니까?" 하고 묻는 것 같았다. 캐시가 말한 대로 웬디 데이비스에게 쉴 틈을 주려는 듯했다.

"의원님은 '로 대 웨이드' 판결의 합법적 근거가 개인의 자유라는 개념에 뿌리를 둔 여성의 권리 보호라고 하셨습니다. 그리고 대법원은 수정헌법 제14조의 적법 절차 조항에 따라 그러한 개인의 자유가 보장된다고 판단했습니다. 이대로 이해하신 것이 맞습니까?"

"맞습니다."

왓슨은 계속 질문 아닌 질문을 이어갔다. 그때 본회의장 뒤쪽에 있던 대머리에 흰 수염 의원이 스크린에 나타났다.

"니콜스 의원님, 어떤 목적으로 일어나셨습니까?"

듀허스트 의장이 묻자 그는 다시 '밀접한 관련성'을 언급했다. 강당은 분노로 들썩였다. 앞쪽에 앉아 있던 한 여자는 벌떡 일어나 발을 쾅쾅 굴렀다. 여기저기서 야유가 터졌다. 몇몇은 누구에게랄 것 없이 "닥쳐!" 하고 외쳤다. 소란을 피우면 감옥에 보내겠다고 위협하던 본회의장 방청석에 있다가 오니 신선했다. 이곳은 거칠었다. 그래도 커크 왓슨이 말할 때는 모두 조용해졌다. 왓슨은 눈살을 찌푸린 채 니콜스가 실수로 노인의 몸에 빙의한 다섯 살짜리 아이라도 된다는 듯 또박또박 설명했다. 이 법안은 임신 중단에 관한 법안이고, 자신들은 임신 중단을 합법화한 대법원 판례인 '로 대 웨이드' 판결에 대해 논의하고 있었다고.

"그건 법안의 본론이 아닙니다."

니콜스가 말했다. 스크린에 크게 잡힌 사악한 산타의 얼굴을 향해 누군가가 "지옥에나 가!" 외쳤다. 사람들이 다시 야유했다. 캐시와 함께 저 위에 있을 때는 니콜스가 협잡꾼이라는 생각을 속으로만 해야 했는데 이 아래에서 명백한 헛소리를 참지 않는 사람들과 같이 있으니 속이 후련했다. 아까 이미 짚고 넘어간 문제였다. 임신 중단에 관한 이야기니 임신 중단에 관한 필리버스터와 밀접한 관련이 있었다.

하지만 듀허스트 의장은 니콜스의 의견에 동의했다. 야유와 혀 차는 소리가 더 커졌다. 니콜스가 물었다.

"경고입니까, 의장님?"

"두 번째 경고입니다."

듀허스트가 말하자 강당은 광란에 휩싸였다.

"개소리!"

앞쪽 어딘가에서 한 여자가 외쳤다. 곧 웬디 데이비스가 스크린에 등장하자 강당 안의 수백 명은 일제히 입을 다물었다.

"의장님, 저는 왜 두 번째 경고인지 모르겠습니다. 발언자는 제가 아니었잖습니까."

듀허스트가 눈에 띄게 당황하더니 "경고 아닙니다"라는 말을 세 번이나 반복해 말했다. 그때 익숙한 목소리가 들렸다.

"저 염병할 것들이 진짜 막 지어내고 자빠졌네."

오른쪽을 보니 모나한 씨가 한 노년 여성과 함께 의자에 앉아 있었다. 나는 그에게 다가갔다.

"여기 계셨네요."

모나한 씨는 나를 보고 놀랐다.

"알렉스? 여기서 뭐 하는 거냐? 왜 데비랑 같이 있지 않고?"

데비? 몇 시간 동안 못 봤는데.

"아래층에 가 봐라, 이 녀석아. 엄청 바빠 보이던데 너처럼 젊고 튼튼한 녀석이 좀 도와줘야지."

모나한 씨가 호통을 쳤다. 1시간여 만에 핸드폰을 확인했는데 아니나 다를까 002호실로 좀 와 달라는 데비의 문자가 여섯 통이나 와 있었다.

"내려가 봐. 그리고 일 끝나면 다시 올라오렴. 내 친구 콘스턴스를 제대로 소개해 주마."

그것참 기대되네요, 모나한 씨. 그를 뒤로하고 출구로 발걸음을 옮기려던 때였다. 스크린에 훤칠한 아프리카계 남성 의원이 나타나 질문을 던졌다.

"의장님, 발언자가 경고를 세 번 받으면 발언권에 어떤 영향이 있습니까?"

"웨스트 의원님, 세 번째 경고는 경고로 간주되지 않을 것입니다. 무제한 토론 종결 여부를 표결할 것입니다."

듀허스트 의장이 말했다. 공화당이 필리버스터를 끝장낼 수 있다는 말이었다.

※※※

강당을 떠나 아래층의 002호실로 향했다. 수많은 주황 옷이 복도에서 피자를 먹고 있었다.

방에 들어서면서 내가 얼마나 허기졌는지 깨달았다. 오전에 대학생 둘과 함께 옮긴 테이블에 피자 상자가 쌓여 있었다. 모두 특대형이었지만 이 긴 줄의 사람들을 다 먹이기엔 부족해 보였다. 테이블 뒤쪽에는 사람 키만큼 쌓인 빈 상자가 두 더미나 있었다. 내심 줄을 서고 싶다고 생각하는데 데비의 목소리가 들렸다.

"알렉스! 오 주여, 감사합니다. 피자에 파묻힐 뻔했어!"

그 정도는 아닌 것 같다고 말하려던 그때, 주황 옷 사이를 헤치고 오는 작은 사람이 보였다. 가슴 앞에 받쳐 든 거대한 피자 여섯 판에 몸이 거의 가려지다시피한 채였다. 여태 시린이 뭘 하고 있었는지 알 수 있었다.

데비가 테이블 한쪽을 치우자 시린이 그 위에 피자 더미를 내려놓고 날 돌아봤다.

"캐시랑은 볼일 다 봤어?"

시린은 캐시의 이름을 웬 성병처럼 언급했지만, 나와는 아직 휴전 중이라고 판단한 모양인지 문 쪽을 턱짓하며 "밖에 피자 더 있어"라고 덧붙였다.

이제 난 피자 담당이었다.

데비가 떠밀어서 시린과 나는 복도를 따라 계단을 올랐다. 로턴더를 가로지르는데, 창문 너머로 피자 배달 차가 보였다. 오전에 모나한 씨를 내려 준 길가였다.

보안 검색대에 이르자 시린이 날 멈춰 세웠다.

"여기서 기다려. 둘 다 검색대를 통과하는 건 시간 낭비야."

나는 주머니에 손을 꽂고 기다렸다. 서둘러 밖으로 나간 시린이 피자 몇 판을 받아 돌아왔다. 경찰이 문을 열어 주자 시린은 나에게 피자를 넘기고 다시 밖으로 향하며 뒤도 안 돌아보고 말했다.

"일단 그거 가지고 먼저 내려가. 이제 몇 판 안 남았는데 이따가 다른 기사가 더 많이 싣고 올 거래."

나는 알았다고 답하고서 인파를 헤치며 엘리베이터로 향했다. 이 많은 피자를 들고 계단을 내려갈 수는 없으니까. 지하 2층에 내려 002호실에 이르러 보니 먼저 있던 피자는 동난 지 오래였다.

"뭐 좀 먹었니?"

데비가 피자 더미를 내려놓는 나에게 물었다. 내가 고개를 젓자 데비가 맨 위 상자를 가리켰다. 버섯과 소시지가 올라간 피자 한 조각을 집어 베어 무니 천상의 맛이었다. 내가 좋아하는 얇고 바삭한 도우였다. 게걸스레 먹고 있는데 시린이 돌아왔다. 손에는 피자 세 판이 들려 있었다. 시린은 피자 상자를 옆 테이블에 내려놓고 피자 한 조각을 집어 들었다.

"심부름꾼이 누리는 특권이지. 줄 서서 기다릴 필요 없는 거."

잠시 방 안을 둘러봤다. 사람들은 테이블에 앉거나 벽에 기대서거나 바닥에 둥글게 모여 앉아 있었다. 아이들을 데리고 온 부모도 많았다. 아까만 해도 학교 밴드부실 같던 공간이 지금은 중세 시대 만찬실와 난민 수용소의 교집합을 연상시켰다. '너의 지치고 굶주린, 주황 옷을 입고 모여 임신 중단을 지지하는 사람들을 나에게 보내 다오. 내가 피자를 먹일 터이니.•'

한쪽 테이블에는 손수 커피를 따라 마실 수 있는 디스펜서가 세 개 놓여 있고, 그 아래에는 생수병과 탄산음료 캔이 쌓여 있었다. 피자 옆에는 쿠키도 몇 상자나 있었다. 내가 물었다.

"와, 이게 다 어디서 온 거야?"

"여기저기서. 상자에 출처가 적혀 있어. 주문자들이 피자집에 요청했거든."

시린은 빈 상자에 붙어 있는 영수증들을 살펴봤다.

"이건 시애틀에서 보냈고, 이건 탬파에서 보냈네. 이 세 판은 털사에서. 대박, 이건 아일랜드 더블린에서 보냈어. 그리고 이건 과테말라!"

"과테말라라고?"

"전 세계가 이 필리버스터를 지켜보고 있어. 실시간으로 웬디를 응원하는 사람이 만 명은 될 거야. 그 사람들이 트위터에서 현장을 지원할 방법

• 자유의 여신상 받침대에 새겨진 엠마 라자루스의 시 「새로운 거상」의 한 대목을 차용했다.

을 계속 물어 왔어. 처음엔 데비가 이 근처 피자집들 주소를 알려 줬는데 피자가 너무 많이 와서 커피, 쿠키, 물 같은 것들도 요청하기 시작했어. 이따가 샌드위치도 온다고 하더라."

시린이 문으로 향하며 말했다.

"어쨌든, 곧 피자가 더 올 거야. 가서 가져오자."

나는 시린을 따라나섰다. 이번에는 좀 더 천천히 걸었다.

"어떻게 전 세계에서 이 상황에 관심을 기울이지? 그러니까, 이건, 텍사스 주 정치판이잖아. 엄청 흥미로운 일도 아니고."

내 의문에 계단을 오르던 시린이 눈을 흘겼다.

"'인권'이 걸린 일이야. 모두에게 중요한 일이지."

우리는 복도를 지나 보안 검색대가 있는 큰 문 앞에 이르렀다. 시린은 밖을 내다보고 고개를 저었다.

"우리가 배달원보다 먼저 도착했나 봐."

"그럼 기다리는 김에 설명 좀 해 줘. 이게 어쩌다 이렇게 큰일이 된 거야? 난 오늘 아침에야 알았어. 넌 언제부터 여기 왔어?"

"지난주 목요일. 그날부터 판이 커졌어. 시민 필리버스터 같은 게 있었거든. 공청회에서 한 사람당 3분씩 증언할 수 있는 자리였지."

캐시에게 들은 것 같았다. '시민 필리버스터'라는 표현은 아니었지만.

"아무튼, 나도 증언을 준비해 갔어."

시린이 자기 뒷주머니를 두드리며 말을 이었다.

"다음 단계로 넘어가지 못하도록 밤새 그들의 발목을 잡을 예정이었어. 사람이 얼마나 많이 모였는지 알아? 물론 지금의 절반도 안 되긴 하지만.”

“그런데 그쪽에서 꿍꿍이를 간파하고 중단시켰지. 나도 들었어.”

시린은 입술을 깨물고 고개를 세차게 흔들었다.

“누구한테 들었는데? 캐시?”

캐시를 떠올리는 것만으로도 부끄러워졌다. 시린에게 티 내기 싫어서 그저 침묵했다.

“뭐 어쨌든. 근데 난 그걸 ‘꿍꿍이’라고 표현하고 싶지 않아. 수백 명이 모여서 밤새도록 자기 차례를 기다리고 있었어. 자기 권리를 빼앗으려는 텍사스 주 입법자들을 향해 지극히 사적인 이야기를 하려고. 그런데 갑자기 한 남자가 비슷한 증언이 계속 반복되고 있다며 이제 그만 듣겠다는 거야. 단 한 번도 그런 전례가 없는데.”

시린이 다시 문밖을 내다봤다. 지붕에 큼직한 피자 광고판을 단 빨간 차가 속도를 줄이며 다가오고 있었다.

“넌 뭐에 대해 증언하려고 했는데?”

시린이 피자를 받으러 나가기 전에 내가 냉큼 물었다. 시린은 더없이 어리석은 질문을 들었다는 듯이 날 쳐다봤다.

“내 임신 중단.”

그 말을 남기고 시린은 밖으로 튀어 나갔다.

# 오후 6시 37분

나는 심란한 마음으로 우두커니 서 있었다. 한심한 질문을 한 걸 자책하면서도 궁금증을 가눌 수 없었다. 그건 아마 시린에게 일어난 최악의 일이었을 테지만, 한 가지는 더 알아야 했다. 곧 시린이 피자에 파묻히다시피 한 채 돌아왔다. 벌게진 얼굴과 부들부들 떨리는 손이 보였다.

"제시였어?"

나는 애써 부드럽고 정중한 말투로 물었다.

"제시였냐니 뭐가?"

시린은 내가 무슨 말을 하는지 전혀 모르겠다는 듯이 말했다.

"그…… 아기 아빠 말이야."

시린이 경멸 섞인 코웃음을 쳤다.

"그럼 누구겠어. 그건 그렇고, 밖에 내 차 망가뜨렸던 네 친구 와 있더라. 너랑 인사하고 싶대."

다시 문밖을 보고 나서야 빨간 피자 배달 차가 낯익은 머스탱임을 알아차렸다. 보닛 위에 피자 여섯 판을 쌓아 놓은 채, 바짝 깎은 머리에 럭비 티셔츠를 입은 우람한 체격의 제이컵 콜러가 날 기다리고 있었다. 나는 길게 심호흡했다. 밖에 나가느니 공중변소를 닦은 칫솔로 양치하거나 손에 끈끈이를 묻히고 로턴더 꼭대기로 기어오르거나 이마에 듀허스트 의장의 얼굴을 문신하고 싶었지만, 나가야 한다는 걸 알았다. 지금 이 안에 숨어 있는 건 겁쟁이 중의 상겁쟁이란 뜻이니까.

시린의 차가 어떻게 망가지게 됐는지 경찰에게 진술하러 가던 날부터 줄곧 두려워하던 만남이었다.

나는 제이컵과 토미를 고발하고 싶었던 게 아니다. 그저 내가 한 짓을 자백하고 싶었다. 하지만 그 일 때문에 길거리에서 칼을 맞는다면? 심지어 텍사스 주의회 의사당에서? 나는 드라마를 많이 봐서 밀고자의 최후가 어떻게 되는지 잘 안다. 과연 아홉 살 때 3개월쯤 가라테를 배운 내가 덩치 산만 한 풋볼 선수를 상대할 수 있을까? 나는 문 근처에 서 있는 경찰을 힐끔거렸다. 만약 제이컵이 나를 패려고 덤벼들면 경찰이 개입해 주겠지? 나는 그렇게 자기 암시를 걸며 밖으로 나가 빨간 머스탱을 향해 걸어갔다. 제이컵 콜러와 토미 리치먼이 벽돌과 페인트로 제시의 여자친구와 엄마 차에 테러를 한 날 밤, 내가 운전했던 차.

급하강을 앞둔 롤러코스터에 탄 것처럼 가슴이 쿵쾅거렸다. 제이컵 콜러와 대면하는 건 끔찍이 싫었지만, 어쨌거나 나에겐 녀석이 가져온 피자들을 002호실에 가져다줘야 할 의무가 있었다.

"어이, 콜린스!"

내가 다가가자 제이컵이 반갑다는 듯 손을 크게 흔들었다. 인사를 받아줘야 할 것 같은 충동을 억눌렀다. 더는 이 자식과 얽히지 않을 거다. 끔찍한 일을 저지르기 전에 친한 척하는 게 녀석의 수법이었다.

잠시 우리는 침묵 속에서 서로를 보고 서 있었다. 녀석이 기대어 선 머스탱은 '이스트 사이드 피자' 광고판을 달고 있었다.

"더블 데이브는 그만뒀나 봐?"

마침내 내가 잠긴 목을 열었다.

"잘렸지. 근무 중이었는데 경찰이 일터로 찾아왔거든. 아르노가 그날부로 나랑 토미 둘 다 해고했어. 넌 아니었지?"

아니었다. 이런 대화를 나누게 될까 봐 경찰서에 간 날 바로 그만뒀기 때문이다.

"여름 동안 돈 좀 벌어서 노스웨스턴대로 떠나려고 했는데 말이야. 대학 가서 맥주랑 포커에 쓸 돈 떨어질까 봐. 그런데 그날 체포되면서 다 날아갔지. 지금은 텍사스대에 조건부 합격해서 여름 수업을 듣고 있어. 아빠가 전화 좀 돌렸거든."

제이컵의 아빠는 텍사스대 로스쿨 교수로, 경찰이 찾아오는 걸 막지는 못해도 사고 친 아들의 대학 진학에 힘을 쓸 수 있는 건 분명했다.

녀석이 나한테서 뭘 원하는지 알 수 없었다. 사과? 나는 경찰서에 간 걸 후회하진 않지만, 제이컵을 엿 먹이려고 진술한 건 아니었다. 해명? 할 수 있지만, 녀석은 자초지종을 들을 마음이 없어 보였다.

"나 그 피자 가져가야 해."

정적을 깬 목소리가 내 목소리란 걸 한 박자 늦게 깨달았다.

제이컵이 너털웃음을 터뜨렸다.

"아, 피자? 망할 피자를 원해? 빌어먹을 피자나 처달라고?"

목소리가 점점 더 거칠어졌다. 이제 제이컵이 뭘 원하는지 알 수 있었다. 녀석은 날 패고 싶어 했다.

아쉽게도 나는 '내가 왜 네놈한테 설설 기어야 하냐?'라고 눈을 부라리며 응수할 수 있는 놈이 아니었다. 소신으로 똘똘 뭉친 캐시라면 분명 당당하게 맞섰을 거다. 젠장, 제이컵이 나만큼 싫어하는 시린도 여기 나와서 기어이 녀석에게서 피자를 받아 냈다. 둘 다 지금의 나보다 강했다. 지금 내가 할 수 있는 최대치는 그저 도망치지 않는 것이었다.

"대답해, 이 새끼야!"

녀석이 윽박질렀다.

"그래, 내놔."

내가 이를 악물고 대꾸하자 제이컵이 불쑥 다가와 내 가슴팍을 팍 떠밀었다. 나는 길바닥에 팔꿈치를 찍으며 쓰러졌다. 고개를 들어 보니 녀석은 한껏 능글맞게 웃고 있었다.

"이런, 넘어졌네, 콜린스?"

경찰은 이쪽을 기웃거리지도 않았다. 내가 일어나려고 하자 제이컵이 다시 나를 밀쳤다. 손바닥이 아스팔트에 쓸렸다. 겨우 다시 일어나 피 묻은 손바닥으로 얼굴을 훔치고 주위를 둘러봤다. 먼발치에 사람이 꽤 많았고 그중 몇몇은 내가 넘어지는 걸 봤지만 이건 그들 세상 밖의 일이었다.

나는 흰 티를 입었고 제이컵은 노랑과 검정 줄무늬 티를 입었으니까.

두리번거리는 나를 녀석이 비웃었다.

“또 질질 짜면서 일러바칠 경찰 아저씨 찾아?”

팔꿈치와 손바닥이 타는 듯이 아팠다. 하지만 괜찮다. 꼭 제이컵 콜러와 싸울 필요는 없다. 녀석이 꺼지기만 하면 된다.

나는 천천히 일어났다.

“난 내가 한 일에 책임을 지려고 경찰한테 간 거야. 왜 넌 그렇게 못 해?”

제이컵이 성큼 다가오자 나는 주춤 물러섰다. 웃고 있었지만 분노가 느껴졌다.

“뭔 개소리야. 책임? 약에 찌든 등신이랑 걸레 같은 걔 여자친구한테 장난 좀 친 게 뭔 대수라고?”

녀석이 윽박질렀다. 심장이 귀에서 펄떡펄떡 뛰었다. 두 눈에 눈물이 차올랐다. 제이컵 콜러에게 우는 모습을 보여 줄 수 없다는 생각에 입술을 깨물며 눈물을 삼켰다. 손발에 불끈 힘이 들어갔다. 주먹을 날리려고 팔을 든 순간, 제이컵의 얼굴에 희색이 번졌다.

그때 눈치챘다. 제이컵은 내가 먼저 주먹을 날리길 원한다는 걸. 녀석은 날 밀치고 내가 제풀에 넘어졌다고 변명할 수 있고 제시와 시린을 추잡하게 모욕할 수도 있지만 나에게 싸움을 걸 수는 없다. 한 번 더 사고 치면 정말 곤란해질 테니까.

나는 훌쩍 뒤로 물러섰다.

“넌 지금 일하는 중이잖아.”

목소리가 떨렸다. 만약 내가 잘못 짚었다면 흠씬 두들겨 맞을 터였다.

"감방 가기 싫으면 일자리 유지해야겠지."

예전에 바비가 마약 소지 혐의로 체포됐을 때 보고 배운 바였다. 집행유예 조건으로 알바든 뭐든 고용 상태를 유지해야 했다.

"계집애같이 굴지 마, 콜린스. 그 못생긴 년하고 네 약쟁이 친구처럼 말이야."

제이컵이 이죽거렸다. 이제 녀석이 일부러 도발하는 걸 알았으니 어떤 말을 지껄여도 타격이 없었다. 제이컵 콜러가 내 친구들을 어떻게 생각하든 내 알 바 아니었다. 그건 오직 녀석의 생각이니까.

"난 개네 얘기하러 온 거 아니야. 난 그 피자 가지고 가야 해."

내 목소리는 여전히 떨렸지만 단호했다. 나는 녀석의 차 위에 달린 광고판을 가리켰다.

"아니면 그 번호로 전화할까?"

제이컵은 날 죽일 듯이 노려봤다. 당장이라도 주먹을 휘두를 기세였다. 하지만 녀석은 다시 차로 걸어가 피자 더미를 챙겨 들고 길바닥에 툭 내려놨다.

"쥐새끼 같은 놈. 그게 너야, 콜린스. 똑똑히 알아 둬."

녀석이 운전석으로 돌아가며 말했다. 몇 달 만에야, 제이컵의 말이 사실이 아닐지도 모른다는 생각이 들었다.

# 오후 6시 44분

만신창이였다. 팔꿈치는 까지고 손바닥은 쓸리고 티셔츠는 흙과 풀과 피가 묻어 얼룩덜룩했다. 하지만 피자 더미를 안고 걷다 보니 속이 홀가분해졌다.

몇 달 동안 묵은 체증이 쑥 내려간 듯했다. 머릿속에 더 블랙 키스의 곡 〈스트레인지 타임스〉가 울려 퍼졌다. 그 기타 선율에 맞춰 고개를 끄덕이며 걸었다. 다친 데가 무척 쓰렸지만 아무래도 좋았다. 지난 석 달 동안 녀석에게 떳떳하게 맞서지 못해 부끄러웠는데 이제 나는 그걸 해냈고, 살아남았다. 제이컵 콜러가 날 밀쳐 넘어뜨린 데 묘한 안도감마저 들었다. 자업자득이라고 할 순 없지만, 그간의 비겁함에 대해 어느 정도 대가를 치른 것 같았다.

복도의 주황 무리를 지나치면서 만감이 스쳤다. 심장이 빨리 뛰고 다리에는 잔뜩 힘이 들어갔다. 솟구치는 아드레날린을 주체할 수 없었다.

지하 2층으로 내려가 002호실에 들어섰다. 붐비긴 해도 아까보다 조용하고 음식을 받으려고 줄을 선 사람도 많지 않았다. 사람들은 방 안에 있는 몇 대의 텔레비전 앞에 모여 있었다. 나는 테이블에 피자 더미를 내려놓고 데비를 찾았다. 데비는 주황 티를 입은 내 또래 애들에게 빈 상자들을 건물 밖 쓰레기장에 버리고 오라며 지시하는 중이었다. 내가 가장 가까운 텔레비전을 가리키며 물었다.

"무슨 일이에요?"

데비가 날 보고 콧잔등을 찌푸렸다.

"어머. 넌 꼴이 왜 그러니?"

"아, 밖에서 좀 넘어졌어요."

순 거짓말은 아니었다.

"그건 그렇고, 필리버스터는 어떻게 되고 있어요?"

데비가 한숨을 쉬었다.

"오, 주여. 점점 가관이야. 규칙 위반 지적이 또 나왔어. 엘리스 상원의원이 웬디의 허리 보호대 착용을 도왔다는 이유로 말이야. 지금 그게 두 번째 경고인지 아닌지 왈가왈부 중이야."

"네? 그게 무슨 말도 안 되는 소리예요?"

데비가 난들 알겠냐는 듯 두 손을 들었다.

"그렇게 묻는 걸 보니 너도 공화당원은 아니구나."

데비의 반응이 꽤 차분해 보여서 물었다.

"그렇게 심각한 상황은 아니죠?"

"심각할 수도 있지. 누가 알겠어? 황당한 지적이지만 우리가 직접 따질 수도 없는 노릇이잖아. 본회의장에 있는 똑똑한 사람들이 상식적으로 해결하길 바라며 응원하는 수밖에 없지."

데비는 내 꼴을 다시 한번 훑어봤다.

"심부름은 쉬고 좀 씻어라."

나는 고개를 끄덕이고 텔레비전 앞으로 가서 진행 상황을 지켜봤다. 나이 지긋한 흑인 남자가 열띤 주장을 펼치고 있었다. 주변 사람에게 그가 누구인지 묻자 엘리스 상원의원이라는 답이 돌아왔다. 엘리스 의원은 타고난 이야기꾼인 듯했다.

엘리스는 말하면서 미소를 잃지 않았다. 그는 자신이 아주 오랫동안 상원의원으로 활동했으며 한때 이례적으로 긴 필리버스터를 목격했다고 했다. 그는 짓궂은 농담을 하는 삼촌 같은 말투로 말했다.

"그 시절에는 오늘날과 같은 방편이 없었죠. 그는 대의에 너무 투철한 나머지 급한 일을 봐야 하는 상황에서도 발언권을 포기하길 거부했습니다. 그래서 상원의원들이 그의 자리를 둘러싸고 섰습니다. 당시는 민주당원이 대다수였죠. 그때 저는 방청석에 있었지만 지금 여기 있는 것과 같은 나무 쓰레기통이 선명하게 기억납니다. 상원의 전통과 타인의 품위를 존중하는 양당 의원들이 그의 주위를 에워싸고 적절한 조처를 한 덕분에 그는 무려 40시간 동안 필리버스터를 이어 갈 수 있었습니다."

방 안에 웃음이 감돌았다. 그도 그럴 것이, 웬 상원의원이 본회의장 한복판에서 쓰레기통에 소변을 본 일화를 들었으니까. 그때는 그렇게까지 할 수 있었는데, 지금은 허리 보호대 착용을 문제 삼는다고? 엘리스 상원의원이 발언하는 와중에도 웬디 데이비스는 계속 서 있었다. 허리 보호대가 필요한 것도 당연했다.

방 저편에 시린이 보였다. 잔뜩 열받은 얼굴로 텔레비전을 노려보고 있었다. 화면 속 듀허스트마저 그 열기를 느낄 수 있을 것 같았다. 방청석에 있는 캐시는 지금 무슨 생각을 할까? 아마 기뻐하고 있겠지. 나는 시린에게 다가갔다.

"완전 개판이다, 그치?"

시린이 고개를 절레절레했다.

"넌 몰골이 왜 그래?"

나는 숨을 훅 내쉬었다. 시린에게는 숨김없이 털어놓아야 했다. 비록 5분 동안 좀 까지고 멍든 게 다긴 하지만 내 지난 행동으로 인한 결과를 감당한 건 옳은 일이었다. 이제 그날 밤의 사건에 대해 시린에게 터놓고 이야기할 차례인 것 같았다.

"저기, 시린. 제이컵이 네 차 망가뜨린 날 말이야……."

"순 개소리."

시린이 내 말을 끊었다. 나보고 한 말인 줄 알고 얼떨떨했는데 시린은 다시 화면을 노려보고 있었다.

"저기 저 인간들, 저 '남자들' 좀 봐. 임신 중단 제한법에 대한 필리버스터를 끝내겠다고 여성 의원의 신체 자율성을 통제하다니."

나는 이 모든 일에 빠져들고 싶지 않아서 "잠깐 밖에 나갈래?" 하고 물었다.

"아니."

시린은 엘리스 상원의원의 얼굴을 더 자세히 봐야 한다는 듯이 텔레비전 앞으로 한 발짝 더 다가갔다. 당황스러웠다. 나랑 말하기 싫다는 뜻인가?

내가 한 발짝 따라붙자 시린은 한 발짝 더 멀어졌다. 나는 지난 일을 바로잡고 사과하려고 했다. 비록 시린이 먼저 내 세상을 비집고 들어와 망쳤지만 말이다. 게다가 지금 제이컵에게 화풀이를 당해 다친 건 난데, 말도 걸지 말라고?

어찌 됐든 네 차는 이제 멀쩡하잖아, 시린.

나는 뒤돌아서 방을 박차고 나갔다.

※※※

화장실 거울에 비친 모습을 보니 '그렇게' 흉한 몰골은 아니었다. 땀에 젖은 머리가 헝클어졌지만, 그건 오늘 여기저기 오가며 땀을 흘렸기 때문이지 밖에서 5분간 제이컵을 상대했기 때문은 아닌 듯했다. 티셔츠는 꾀죄죄했지만 그 외에는 적당히 수습할 수 있었다.

수도꼭지를 틀어 흐르는 물에 손을 씻었다. 따가운 건 잠시였다. 젖은 손으로 머리를 쓸어 넘겨 정리한 뒤 물비누를 짜서 얼굴을 씻었다. 긴 하루 탓에 눈 밑이 퀭하고 칙칙했다.

티셔츠는 어찌할 도리가 없었다. 아직 가방에 파란 티와 주황 티가 있지만 나는 어느 편에도 속해 있지 않았다.

이제 뭘 해야 할지, 시린하고는 어떻게 풀어야 할지 알 수 없었다. 게다가 아드레날린이 물러가고 나니 제이컵과 끝을 본 게 아닐 수도 있다는 생각이 들었다. 만약 내게 차가 있었다면 오늘 밤 뒷유리창에 벽돌이 박힐 가능성이 농후했다.

아무래도 시린에게 그날 밤 일을 터놓고 이야기해야 했다. 시린은 그 일로 내가 얼마나 죄책감을 느끼는지 알아야 했다. 또한 제시의 차고 건물에서 시작된 일로 내 세상이 무너졌다는 사실과 내가 시린에게 화를 낼 권리가 있다는 사실도 알아야 했다.

하지만 내가 운을 뗄 때마다 피하는데 어떻게 대화를 할 수 있을까? 시린은 제이컵을 만나고 돌아온 내 꼴을 봤으니 제이컵과 내가 더는 친구가 아니라는 걸 눈치채긴 했을 거다. 머릿속이 복잡하고 뭘 어쩌면 좋을지 몰랐다. 문득 내가 아는 가장 선량한 사람이 파란 원피스를 입고 상원 방청석에서 웬디 데이비스를 지켜보고 있다는 사실이 떠올랐다. 이제 내가 싫겠지만 아까 나와 아주 깊은 대화를 나눴고, 그 정을 그냥 무시할 것 같지는 않았다. 그래서 나는 얼굴을 마저 헹구고 물기를 제거한 뒤 캐시를 찾으러 위층으로 향했다.

하지만 상원 방청석 대기 줄은 어느 때보다 길고 북적였다. 내가 떠나 있던 1시간 남짓한 사이 필리버스터를 직관하기 위해 퇴근하고 몰려온 직장인들이었다.

어쨌거나 나는 이 줄이 정말 상원 방청석 입장 줄인지 확인하려고 계단을 올랐다. 혹시라도 주의회 의사당에 새 아이폰 출시 기념 팝업 스토어가 열려서 사람들이 장사진을 이뤘는데 공교롭게 모두 주황색 옷을 입은 걸지도 모르니까.

나는 2층 중간쯤에서 낯익은 얼굴을 발견했다. 모나한 씨가 친구와 함께 줄을 서 있었다. 아까 그가 말한 콘스턴스라는 사람인 듯했다. 시력이 나빠서인지 시선이 빗나가서인지 모나한 씨는 날 바로 알아보지 못했다.

"모나한 씨."

내가 말하자 나를 알아본 모나한 씨의 눈에 반가운 기색이 스쳤다.

"알렉스!"

그가 소리치고는 내 얼굴을 자세히 보았다.

"맙소사, 꼴이 왜 그 모양이냐? 그리고 션이라고 부르라니까."

나는 죄송하다고 사과한 뒤 콘스턴스 씨에게 손을 내밀어 악수를 청했다.

"안녕하세요, 저는 알렉스라고 해요."

짧고 세련된 회색 머리에 짙은 색안경을 쓰고 블라우스 위에 주황색 숄을 두른 콘스턴스 씨가 따뜻한 손으로 악수를 받았다.

"오, 네가 션에게 책을 읽어 준다는 친구구나. 만나서 반갑다. 션이 널 아주 높이 평가하더구나. 네 영국식 억양도."

"하하, 그렇다고 칠게요. 두 분은 어떻게 아는 사이예요?"

"오랜 술친구지. 이쪽은 레인저스 팬이지만 말이야. 여긴 무슨 동문회 같구나. 엘리베이터에서 예전 치과 의사도 만나고, 여기 이 친구랑 다른 할망구들도…….”

모나한 씨의 말에 콘스턴스 씨가 그를 장난스럽게 때렸다. 모나한 씨가 웃었다.

“어쨌거나 사람이 무진장 많구나. 넌 여기서 뭐 하냐? 데비한테서 주황색 티 하나 안 받았어? 네 친구, 그 작은 여자애는 어디 가고?”

대답하자면 할 수 있었다. ‘모르겠어요’, ‘가방 안에 있어요’, ‘걘 아래층에서 절 개무시하고 있어요’. 하지만 콘스턴스 씨 앞에서 늘어놓기엔 한심했다. 주위에 사람도 너무 많았다. 나는 목덜미를 긁적이며 물었다.

“혹시 잠깐 시간 있으세요? 조언이 좀 필요해요.”

캐시와 이야기하고 싶었지만 만날 가능성이 요원하니 입이 거친(조프리가 네드 스타크를 처형하는 대목에서 “그 빌어먹을 개망나니가 기어이!” 하고 외치는) 팔순 노인으로 만족해야 했다.

모나한 씨가 앞장서라는 듯 손짓했다. 그때 상원 방청석 문이 열리며 몇 사람이 안으로 들어갔다. 그 틈에 문 근처에 있던 여자가 “사랑해요, 웬디!” 하고 외치자 나머지 줄에 있던 사람들이 따라서 연호했다.

“사랑해요, 웬, 디! 사랑해요, 웬, 디!”

주 경찰이 재빨리 문을 닫자 사람들은 더 크게 연호했다. 모나한 씨가 한숨을 내쉬었다. 내가 사무 동으로 연결되는 복도를 향해 턱짓하자 그는 콘스턴스 씨에게 “금방 올게” 하고 날 따라나섰다.

복도는 그리 붐비지 않았다. 핸드폰을 들여다보는 몇몇 사람뿐이었다. 구호 소리가 끊이지 않아서 나는 열려 있던 빈 사무실로 모나한 씨를 이끌었다.

“괜찮냐? 아까부터 정신 나간 놈처럼 보인다.”

“시린하고 어떻게 해야 할지 모르겠어요.”

모나한 씨가 고개를 절레절레 저었다.

“사랑하면 사랑한다고 말해라. 걔가 불러서 여기까지 왔으니 아마 걔도 알 거다. 여자들은 촉이 좋거든. 우리가 암만 대단한 비밀이라 여겨도 이미 알고 있지. 아마 네 속내는 진작에 읽혔을 거야. 까놓고 말해.”

“저 걔가 불러서 온 거 아니에요. 시린은 예전에 같이 어울렸던 친구예요. 어쩌다 사이가 틀어졌는데…… 이제 제 말을 들으려고 하지도 않아요. 솔직히 말해서 사과하고 싶은데 기회도 안 준다니까요! 걔가 어떤 앤지 모르시죠? 만약 아신다면…… 아주 몹쓸 년이라고 하셨을걸요.”

나는 모나한 씨의 입버릇을 떠올리고 피식 웃었다. 그러나 모나한 씨는 웃지 않았다. 그저 눈살을 찌푸리고 날 바라보더니 바닥에 침을 퉤 뱉었다. 텍사스 주 하원의원 아무개의 작은 사무실 카펫에.

“내가 정말 그따위 말을 입에 담으리라고 생각하냐?”

잔뜩 실망한 목소리였다.

“아니, 그게…… 평소에 욕을 많이 하시잖아요.”

내 목소리가 쪼그라들었다.

“이런 젠장. 난 네가 마음에 든다, 알렉스. 넌 좋은 녀석이야. 물론 나한테 책을 읽어 주는 게 네가 원해서 하는 일도 아니고 달리 할 일이 없다는 것도 알지만, 노력하는 게 보이거든. 봉사한답시고 와서 시간만 때우는 녀석들보다 훨씬 나아. 하지만 내가 여자를 '몹쓸 년'이라고 부르는 인간이라고 생각했다면 넌 나에 대해 아무것도 모르는 거다."

나는 너무 혼란스러웠다.

"하지만 그런 말 자주 하시잖아요……?"

"엿 먹어라."

그가 말했다. 내가 실망에 이어 분노까지 안긴 모양이었다.

"난 한평생 여자한테 욕한 적 없다. 넌 지금 상머저리처럼 굴고 있지만 본바탕은 좋은 애야. 난 네가 정말 마음에 들어. 그러니 친절히 알려주마. 세상에는 두 종류의 남자가 있다. 여자가 남자보다 열등하다 믿고 비하하는 남자와 그런 놈을 쓰레기로 여기는 남자. 넌 네가 어떤 놈인지 스스로 선택할 수 있어. 만약 네가 널 속상하게 한 여자를 '몹쓸 년'이라는 불러도 된다고 생각하는 놈이라면 평생 나 같은 남자들한테 쓰레기 취급 당할 거다."

울면 안 돼. 울면 안 돼. 울면 안 돼. 내 얼굴은 시뻘게졌을 게 뻔했다. 모나한 씨가 미간을 좁히고 날 빤히 살폈다. 울면 안 돼. 하지만 정말 울고 싶었다. 지금 그의 눈에는 내가 쓰레기로 보이려나?

나는 숨을 깊이 들이마셨다. 제이컵 콜러는 항상 여자를 무슨 무슨 년이라고 불렀다. 모나한 씨가 될 것이냐 제이컵이 될 것이냐 선택하라면 쉬웠다. 나는 숨을 천천히 내쉬었다. 더는 울고 싶지 않았다.

"알았어요. 저도 그렇게 부르지 않을게요."

모나한 씨는 방금 내가 무슨 시험을 통과하기라도 한 것처럼 고개를 끄덕였다.

"하지만 아직도 어떻게 해야 할지 모르겠어요."

"하나만 물어보자. 넌 여태 걔를 '몹쓸 년'이라고 생각하면서 대했니?"

모나한 씨의 목소리가 이제야 누그러졌다. 사랑의 매를 들었으니 안아 줄 차례라는 듯이 그가 내 어깨를 꽉 쥐었다. 모나한 씨의 눈을 통해 내 모습을 보는 게 고역이었지만 나는 내가 한 짓에 대한 대가를 치러야 한다고 생각했고, 지금 어느 정도 치르고 있는 것 같았다. 나는 고개를 살짝 끄덕이며 "그런 것 같아요" 하고 인정했다. 모나한 씨는 나 때문에 지쳤다는 듯이 의자에 털썩 앉았다.

"그게 바로 네 망할 문제야. 알렉스, 넌 좋은 녀석이지만 머저리 같은 구석이 많아. 꼭 네 잘못은 아니야. 아직 철이 없어서 그렇지. 내가 네 나이였을 땐 몇 배나 심했다. 하지만 그 작은 여자애는 어떤 면이 네 참모습인지 모를 거 아니야. 어떤 여자가 상머저리의 사과를 듣고 싶겠냐? 사과하고 싶다면 먼저 네가 괜찮은 놈이란 걸 증명해야 해."

나도 제풀에 지쳐서 다른 의자에 털썩 앉았다.

"말도 못 꺼내게 하는데 어떻게요?"

"그냥 걔가 하는 말부터 들어 줘."

그는 그게 더없이 자명한 일이라는 듯이 말했다.

"얘기하기 싫다는데 밀어붙이는 건 최악이야. 듣기 싫다는 귀에 사과를 쑤셔 넣으려고 하면 그건 누굴 위한 사과냐? 걔? 너?"

헷갈리지만 '세상에는 두 가지 유형의 사람이 있다' 식 질문인 것 같았다. 아마도 난 내 기분을 위해 사과하고 싶었던 것 같다. 시린의 마음은 고려하지 않았다. 모나한 씨가 사무실 밖을 가리켰다.

"지금 저기서 지랄맞은 일이 벌어지고 있어. 걔는 지지가 필요할 거야. 이 모든 일은 우리보다 그 아이한테 훨씬 더 중요한 일이니까. 마침 걔랑 같은 장소에 있잖니. 얼간이처럼 굴지 말고 네 바탕인 좋은 녀석이 되어서 힘을 보태. 무료 조언이니 감사히 새겨들어라."

제이컵 콜러가 배달한 피자를 가지러 가기 직전에 시린이 한 말이 떠올랐다. 임신 중단 경험을 증언할 계획이었다고. 나는 시린이 그런 경험을 했는지도 몰랐다. 그걸 '나한테' 말했다는 게 새삼 놀라웠다. 날 자기 차를 망가뜨린 놈과 한패로 알면서 말이다. 아무튼 시린은 나에게 그 사실을 밝혔고, 아무 이유 없이 그랬을 것 같지는 않았다. 나는 고개를 끄덕이고 일어섰다.

"알겠어요. 알 것 같아요."

"아, 그리고 알렉스?"

모나한 씨가 일어나며 말했다.

"사랑하면 사랑한다고 말해라."

# 오후 7시 31분

사무실을 나서니 '사랑해요, 웬, 디!' 구호는 사라지고 분위기가 사뭇 달라져 있었다.

거의 모든 사람이 주황 팀인데도 긴장감이 팽팽했다. 사람들은 인상을 쓰고 핸드폰을 들여다보거나 옆 사람과 짜증 섞인 대화를 나누고 있었다.

콘스턴스 씨에게 돌아가니 줄 선 사람들이 모나한 씨를 원래 있던 자리로 끼워 주었다. 그리고 동시에 나를 의심의 눈초리로 바라봤다.

"아까 여기 계셨었죠? 하지만 친구분 때문에 제 자리를 잃고 싶지는 않아요."

주황 옷을 입은 젊은 여자가 모나한 씨에게 말하며 눈짓으로 날 가리켰다.

"아, 저는 줄 서려는 거 아니에요. 그냥 잠깐 같이 있는 거예요."

"그렇다면야."

여자는 고개를 끄덕이며 미소 지었다. 오늘 내가 만난 여자들이 다 그랬듯이, 그도 내가 선을 넘지 않는 한 호의적이었다. 둥근 얼굴에 검은 머리는 라틴계로 보이고, 키가 시린보다는 크지만 그래도 아담했다. 내가 물었다.

"안에 어떤 상황이에요? 분위기가 좀 안 좋은 것 같은데요."

"몇 분 전에 두 번째 경고를 받았어요. 그 허리 보호대 때문에요. 필리버스터가 무슨 '오래 서 있기 대회'도 아니고, 쓰러지지 않게 누가 도와주면 반칙인가 봐요."

"아니, 옛날에는 쓰레기통에 소변도 보게 해 줬다면서요?"

여자는 어깨를 크게 으쓱했다.

"오늘 기저귀를 차게 해 준 것만으로도 다행이에요. 왜 그렇게들 일관성이 없는지."

웬디 데이비스가 기저귀까지 찼다고? 맙소사. 하지만 남들은 그게 정상이라고 생각하는 듯해서 놀란 내색은 하지 않았다. 아까 시린이 한 말, 남성 의원들이 필리버스터를 끝내려고 여성 의원의 신체 자율성을 통제한다는 말이 떠올랐다. 현명한 지적이었다는 생각이 들어 시린의 말을 그대로 읊었다.

"그러니까 지금 상원 본회의장에서 한 무리의 남성이 한 여성의 신체 자율성을 통제하고 있다는 거죠?"

"내 말이 그 말이에요! 고마워요. 그들은 사실상 텍사스 여성 수만 명의 임신 중단권을 박탈하려 하고 있어요. 한 여자가 남의 도움으로 허리 보호대를 착용한 걸 빌미로요. 그쪽도 이해하는군요."

여자가 감탄한 목소리로 말했다. 1시간 전에 시린이 한 말을 그대로 읊어서 칭찬을 들으니 부끄러웠다. 여자가 말을 이었다.

"어떻게든 웬디를 막으려는 인간들 때문에 그 모든 여성이 얼마나 고통받을지 생각해 봐요."

시린은 이게 여성만의 문제가 아니라고 했다. 남성, 트랜스젠더의 문제이기도 하다고 했다. 만약 나와의 관계에서 임신한 여자가 시술해야 한다면 나의 문제가 되는 거였다.

하지만 나는 그냥 "맞아요, 텍사스에는 이 법안을 원치 않는 사람이 많죠"라고만 말했다.

"텍사스뿐만이 아니에요. 나는 오늘 아침 오클라호마 주 노먼에서 차를 몰고 왔어요. 거기서 가장 가까운 임신 중단 시술소가 텍사스 주 댈러스에 있거든요. 아마 루이지애나 주에서 온 사람도 있을 거예요. 아칸소 주도요. 이건 우리 모두에게 중요한 일이에요. 그런데 그들은 웬디가 남의 손을 빌려 허리 보호대를 차는 것도 안 된다고 하네요."

여자가 말했다. 다른 주에 사는 사람들도 텍사스의 시술소를 이용할 수 있다고는 생각지도 못했다. 시린도 알고 있으려나? 직접 물어보고 싶었다.

"너무하네요, 진짜."

나는 이내 그들에게 작별 인사를 하고 시린을 찾으러 지하층으로 향했다. 줄을 거슬러 내려가는데 여전히 분위기가 안 좋았다. 사람들은 마치 동시에 두통을 겪는 듯 고개를 절레절레하며 핸드폰을 응시하고 있었다. 실시간 진행 상황을 확인하는 모양이었다. 나도 핸드폰을 꺼내긴 했는데 어디서 확인해야 할지 몰랐다. 트위터에 접속해 보니 '실시간 트렌드'에 #StandWithWendy가 올라 있기에 클릭했다. 가장 먼저 뜬 트윗은 "오늘 밤 오스틴에서 특별한 일이 일어나고 있습니다"라는 문구와 함께 필리버스터 생중계 링크를 건 @BarackObama의 트윗이었다. 대통령이 이걸 보고 있다고? 와우.

대통령만이 아니었다. 스크롤을 내려 보니 5만 명이 넘는 사람이 생중계를 시청하고 있었다. 텍사스대 풋볼 경기장 수용 인원의 절반에 달하는 수였다. 웬디 데이비스가 〈왕좌의 게임〉의 칼리시처럼 어깨에 용을 얹고 있는 합성 사진이 돌아다녔다.

마침내 나는 현재 본회의장의 상황을 파악할 수 있었다. 웬디 데이비스와 민주당 의원들은 두 번째 경고 이후 바짝 긴장했다. 삼진 아웃제인데 이미 투 스트라이크를 먹은 상황이니 조심스러울 만했다. 그래서인지 지금 웬디는 내가 거의 알아들을 수 없는 법률 용어로 쓰인 긴 정책 보고서를 읽고 있었다. 나는 내 생각과 마음을 파악하길 포기하고 핸드폰을 다시 주머니에 넣었다.

지하 2층 002호실에는 여전히 주황 군단에 힘을 보태고자 세계 곳곳에서 보내온 피자, 쿠키, 탄산음료, 생수, 샐러드, 커피가 있었다. 사람은 그리 많지 않았다. 아마 대부분 배를 채우고 강당으로 떠난 듯했다. 큰 스크린을 보며 응원이나 야유를 하려고. 데비는 아직 음식 테이블 뒤에서 내 또래 애들에게 뒷정리를 시키고 있었다.

"뭐 도와드릴 거 없어요? 저 나름 씻고 왔는데."

"지금은 소강상태인데 그래도 근처에 있어 주렴. 새로운 사람들이 계속 오고 기부도 계속 들어오고 있어."

나는 고개를 끄덕이고 주위를 둘러봤다. 시린은 한 텔레비전 앞에 짝다리를 짚고 서서 검은 손톱을 씹으며 앞머리 사이로 화면을 주시하고 있었다. 보기 싫은 장면을 억지로 보는 사람 같았다.

나는 모나한 씨의 말대로 아무것도 강요하지 말자고 다짐하며 다가갔다. 내가 사과하고 싶다고 해도, 시린은 나에게 기회를 줄 의무가 없다.

"아직도 무슨 보고서 읽고 있어?"

내가 화면을 가리키며 물었다.

"응. 계속 읽었으면 해. 뭔 내용이든, 그저 남은 4시간 동안 쭉 읽었으면 해."

나는 잠시 웬디 데이비스의 말을 들었다. 그는 '태아의 고통'에 관한 의학 저널을 읽고 있었다. 지루했지만, 캐시와의 대화 이후 임신 중단이 태아에게 육체적 고통을 주는지 줄곧 궁금하긴 했다. 태아가 아기가 되는 시점은 모르겠지만 고통을 느낄 수 있다면 사람 아닐까? 한편 웬디 데이비스는 태아가 고통을 느낀다는 증거가 없다는 연구 결과를 읽었다. 설득력 있지만 만약 그 연구 결과가 틀렸다면? 누가 어떻게 알 수 있겠는가? 나는 시린에게 물었다.

"어떻게 생각해?"

"그냥 넌더리가 나. 그러니까, 웬디가 잘 버티는 건 좋은데 이제 너무 몸을 사리고 있어. 아까 어떤 공화당 의원이 질문하려고 끼어들었는데 그냥 고개를 저으며 계속 말을 이어가고 있어."

"아니, 내 말은, 지금 읽는 내용에 대해 어떻게 생각해? 배 속 아기가 언제부터 고통을 느낄 수 있는지 말이야."

"그걸 내가 어떻게 알겠어?"

나는 뭐라고 대답해야 할지 몰라 그냥 시린의 옆에 서서 웬디 데이비스의 말을 좀 더 들었다. 나도 내가 어떻게 생각하는지 알고 싶었다. 캐시의 신념과 의지(오늘 아침 나에게 전화한 것부터 홀로 대기 줄에 서 있다가 상원 방청석에 입장해 먹지도, 마시지도, 화장실에 가지도 않고 자정까지 버티려는 것)는 존경을 넘어 부럽기까지 할 지경이었다.

지금 이 현장을 온라인으로 5만 명이 시청 중이고, 여기 직접 온 사람도 수천 명에 달했다. 이들이 끝까지 버티도록 세계 곳곳에서 음식을 사 보냈다. 말 그대로 전 세계가 지켜보고 있었다. 그만큼 중요한 일이기 때문이었다.

파랑 무리와 주황 무리, 그리고 나와 함께 002호실에 테이블을 깐 묘하게 재수 없는 대학생들까지 모두 이곳이 매우 중요한 장소라는 걸 알고 있었다. 그리고 버락 오바마를 포함해 온라인으로 시청 중인 5만 명 중 상당수는 가능하다면 직접 여기 와서 지지를 표명했을 거다.

그런데 나는 아직도 어느 편에 서야 할지 몰랐다. 여기 어딘가에서 모지에 신부님이 이끄는 파란 팀이 '선택 위에 생명 있다!'라고 부르짖고, 그 반대편에서 주황 팀이 '내 몸, 내 선택!'이라고 외치고 있다. 나는 그저 흰 티를 입고 어중이처럼 껴 있었다. 정녕 무엇이 더 중요할까? 어느 쪽이 옳을까?

그래서 마침내, 나는 시린을 돌아봤다.

"뭐 하나 물어봐도 돼?"

시린은 작게 한숨을 내쉬었다. 대답하기 싫은 질문이면 당장 자리를 뜰 기세였다.

"뭔데?"

"여기 뭐 하러 온 거야? 그러니까, 네가 왜 여기 있는지는 알겠어. 필리버스터가 성공하길 바라는 거잖아. 그런데 애초에 여기 오게 된 계기가 뭐야?"

"지난주 목요일에 온 건 증언하기 위해서였어. 물론 누가 내 사연을 듣고 마음을 바꿀 리는 없지만, 시민 필리버스터에서 내 몫을 다해 법안 통과를 막고 싶었어. 그러다 다 같이 강제로 해산됐는데, 다시 돌아오고 싶더라고. 이런저런 이유로."

시린은 고개를 떨듯이 흔들며 텔레비전에 시선을 고정했다. 너무 슬퍼 보여서 어깨에 손이라도 얹고 싶었다. 임신한 걸 알고 중단하기까지 얼마나 괴로웠을지 상상만 할 따름이었다. 나는 애초에 그런 결정을 내릴 필요가 없다는 게 행운이었다.

"무슨 이유인지 물어봐도 돼?"

"뭐, 일단 여기 있는 사람들이 좋으니까. 특히 데비. 시위 첫날 밤에 데비가 날 보고 피자 테이블 세팅을 맡겼어. 뭐라도 도움이 되니까 좋더라고. 우릴 내쫓는 걸 가만히 서서 지켜봐야만 했을 때 무력감을 느꼈거든. 또 한편으로는 그냥 목격자가 되고 싶었어. 그들이 이 법안을 나 몰래 통과시킬 수 없다는 것, 내가 빤히 쳐다보고 있다는 걸 알려 주고 싶었어. 어디 내 눈앞에서 내 권리를 빼앗아 가 보라고."

"알 것 같아. 캐시도 오늘 아침에 여기 온 이유에 대해 비슷하게 말하더라. 웬디 데이비스가 자길 똑똑히 보길 바란다고. 웬디 편에 선 사람들이 '나쁜 사람들'은 아닌데 충분히 고민을……."

"나쁜 사람들은 반대쪽이지."

시린이 헛웃음을 터뜨리며 말을 이었다.

"대놓고 사기 치는 거 못 봤어? 남의 손을 빌려 허리 보호대 좀 찼다고 두 번째 경고를 날렸어. 첫 번째는 뭐였지? 가족계획연맹, 그러니까 미국 최대 임신 중단 기관에 관한 이야기였는데 법안과 관련 없는 발언이라고 우겼지. 계속 끼어들어서 발언권을 포기하도록 유도하는 건? 애초에 목요일에 우릴 쫓아낸 건 또 어떻고! 그 사람들은 나쁜 사람들 맞아. 우리 말을 귓등으로도 안 들어. 당사자들이 여기 버젓이 모여 있는데 온갖 비열한 수법을 쓰며 귓구멍을 틀어막고 있잖아. 그게 문제야. 아예 우리 말을 들어줄 생각이 없다는 거."

시린은 내가 반박하거나 질문하길 기다리는 눈으로 날 쳐다봤지만 나는 그저 고개를 끄덕였다. 방금 들은 말은 전부 이해가 갔다. 시린이 말을 이었다.

"아무튼, 그래서 나는 주말에 다시 왔어. 그 인간들이 날 보게 하려고.

그리고 오늘은 웬디를 지지하러 왔어. 그가 오늘 이 자리에 선 게 나한테 어떤 의미인지 알려 주고 싶어서. 그 개자식들이 내 목소리를 빼어 갔잖아. 웬디는 나 같은 사람들을 대변하려고 아침부터 지금까지 온갖 불편함을 견디고 있어. 얼마나 힘들고, 발도 아프고, 배도 고프겠어. 그런데도 포기하지 않고 내 이야기를, 우리 모두의 이야기를 들려주고 있어."

시린은 화면으로 고개를 돌렸다. 이번에는 슬퍼 보이지 않았다. 오히려 얼굴에 옅은 미소가 감돌았다.

"그래."

내가 한 박자 늦게 말했다.

"네가 할 수 없는 걸 저 사람이 대신 해 주고 있는 거네. 저 사람에게는 목소리와 발언권이 있으니까."

시린은 미소를 거두고 고개를 끄덕였다.

"맞아. 내 삶, 내 몸을 지킬 힘이 없다는 게 얼마나 엿 같은지 알아? 내 목소리에 영향력이 있다면 좋겠지만, 그렇지 않으니 날 대변해 주는 사람을 끝까지 응원할 거야."

나도 모르게 시린의 어깨에 한 손을 얹었다가 화들짝 놀라 뗐다. 내가 왜 그랬지? 어쨌거나 우리는 여전히 앙숙인데. 하지만 시린은 딱히 신경 쓰지 않는 기색으로, 그저 코로 날카로운 숨을 내쉬었다.

"어쨌든, 아까 밖에서 뭐 하고 왔길래 꼴이 그 모양이야?"

"나름 수습한다고 한 건데."

내 말에 시린이 코웃음을 치고는 내 더러운 티셔츠와 상처 난 손을 가리켰다.

"길바닥에서 굴렀어?"

"제이컵 콜러가 굴렸지."

나는 잠시 틈을 두고 답했다. 우호적인 분위기를 민감한 화제로 망치고 싶진 않았지만 터놓고 얘기해서 앙금을 풀고 싶은 마음이 더 컸다.

"둘이 친구인 줄 알았는데."

시린이 놀라움과 빈정거림이 섞인 목소리로 말했다.

"아니, 더는 아니야."

내가 나지막이 말하자 시린은 잠시 침묵하다 입을 열었다.

"그래, 그럴 줄 알았어."

"그랬어?"

"뭐, 그런 꼴로 돌아왔으니까."

시린이 피식 웃으며 말했다.

"상종도 안 한 지 꽤 됐어. 솔직히 처음부터 딱히 친구도 아니었지."

내 목소리가 조금 아득하게 들렸다. 시린이 내 사과를 들어 줄 마음이 없는 건 알지만 얘가 먼저 운을 뗐으니 그냥 말하기로 했다.

"그 자식은 그냥 자기 말을 따를 따까리가 필요했고 그땐 그 따까리가 나였어. 하지만 그날 밤 이후로는 아니었지. 제시네 집 앞에서 일어난 일 이후로. 무슨 말인지 알지?"

"네가 그놈들을 네 절친 집에 태우고 가서 그놈들이 내 차에 벽돌을 던진 거?"

얼굴이 화끈거렸다.

"그래, 그거."

말하다 보니 사과해도 괜찮겠다는 걸 깨달았다. 모나한 씨가 얘기했던 게 바로 이거였다. 상대방이 원하지 않는다는 걸 알면서도 밀어붙이면 얼간이다. 하지만 상대방이 마음을 열면 이야기가 달라진다. 그래서 나는 속을 털어놓았다.

"정말 미안해. 진심으로, 미안해. 그날 밤 내가 어디로 가는지, 왜 가는지 몰랐어. 비록 너랑 제시, 거기 있던 모두가 밉긴 했지만, 그딴 일이 일어날 줄 알았다면 절대 안 갔을 거야."

"알아."

시린이 작게 고개를 끄덕이며 말을 이었다.

"그래서 제시네 엄마한테 전화하고 경찰서에 간 거잖아."

잠깐, 뭐라고?

방 안이 빙글 돌았다.

"그래, 맞아."

내가 말했다. 갑자기 화가 치솟았다.

"난…… 네가 '거기까지' 아는 줄은 몰랐는데."

"제시네 엄마가 말해 줬어. 제시하고 나한테만. 경보음이 울린 뒤에 제이컵 차가 출발하는 걸 봤고, 그때 네가 그놈하고 어울려 다니는 걸 알아서 네가 한패라고 생각했어. 그런데 다음 날 제시네 엄마가 그러더라고. 넌 아무것도 몰랐고, 바로 자백했다고."

"잠깐만. 그러니까 넌 내가 그날 밤 어디로 가는지 몰랐다는 것도 알고, 바로 다음 날 바로잡으려고 애쓴 것도 알면서 여태 나를 천하의 몹쓸 놈처럼 대하고 있던 거야? 네 차 고치는 데 얼마나 들었는데, 시린? 내가 보상해 줄까? 알바는 그만뒀지만 아직 저축한 돈이……."

내가 목소리를 높이자 시린이 날 선 눈으로 날 노려봤다. 거친 콧김이 느껴졌다.

"너는 천하의 몹쓸 놈이 맞아, 알렉스. 난 애초에 내 차 때문에 화난 게 아니야."

"그럼 왜? 난 지난 6개월 동안 '내가 너한테' 화난 이유만 알아. 네 차 때문이 아니라면 왜 나를 인간쓰레기처럼 대했는데?"

"네가 제시를 떠났기 때문이야, 알렉스. 걔가 널 필요로 할 때, 내가 널 필요로 할 때 넌 우리 곁에 없었어. 그 뒤에 상황이 훨씬 더 나빠졌어."

시린이 이를 악물고 말했다. 나는 그저 황당했다. 내가 필요했다면 왜 그렇게 말하지 않았는데? 내가 그곳에 있을 이유가 없는 것처럼 느끼게 한 게 누군데? 내 입에서 방금 시린처럼 악에 받친 목소리가 나왔다.

"아, 그래? 그럼 애초에 네가 맥주랑 대마, 등등 다른 더러운 독극물을 걔 인생에 들이지 말았어야지."

시린은 방금 외계어를 들었다는 듯이 날 쳐다보고는 나직하게 말했다.

"난 아무것도 들이지 않았어. 전부 바비가 한 거지."

# 오후 8시 29분

텍사스 주의회 의사당 증축 건물 지하 2층 002호실은 갑자기 매우 혼란스러운 곳이 됐다.

"내 눈으로 봤어."

나는 화를 내야 했다. 내가 다 봤는데 시린이 거짓말을 하고 있으니까. 하지만 나를 측은하게 바라보는 시린의 눈빛에 내 분노는 확신을 잃고 흔들렸다.

"너랑 홀리가 맥주랑 대마 가져왔잖아. 나도 거기 있었어, 시린. 그때가 시작이었지. 전부 네가 시작한 거야."

시린은 고개를 저었다.

"내가 몇 번 가져온 건 맞아. 나도 어울려 놀고 싶었으니까. 처음에 함께 떨을 할 때는 재밌었어. 그때까지는 조금 취해서 바보처럼 행동하는 게 즐거웠거든. 하지만 내가 시작한 건 아니야. 바비였어. 제시와 바비는 내가 동참하기 몇 달 전부터 같이 망가지고 있었어. 난 너도 그런 상태일 거라고 생각했어. 너희는 모든 걸 함께했으니까."

나는 그 시절의 기억을 되짚었다. 그때를 회상하면 늘 떠오르는 장면은 흥청망청한 파티였는데, 이번에는 내가 알바 가기 전까지 차고 건물에서 빈둥거릴 때 제시와 바비가 소파에 앉아 맥주를 마시던 모습이 떠올랐다. 덩치 크고 유쾌한 바비는 항상 실없는 농담으로 분위기를 띄웠다. 나도 바비가 늘 거기 있는 게 싫진 않았다. 바비는 악몽 같은 집에 살았고, 나 같아도 돌아가기 싫었을 테니까. 하지만 우리가 단둘이 어울리는 일은 없었다. 어쩌면 바비는 내 친구가 아니라 그저 제시의 친구였던 걸까?

"하지만 넌…… 넌 상황이 나빠지고 있다는 걸 알았잖아. 그리고…… 일이 커지는 데 한몫했지."

나는 더듬거리며 입에서 나오는 대로 지껄였다. 그냥 계속 시린을 탓하고 싶었다. 이게 시린의 잘못이 맞는지가 나한텐 그렇게 중요한 걸까?

"그래. 상황이 점점 심각해지고 있다는 거 알았어. 그러니까, 나도 어쩌다 한 번씩, 특히 떨만 할 땐 재밌었어. 그렇게 어쩌다 한 번씩이면 괜찮았을 거야. 하지만 걔는…… 제시는 속수무책 빠졌어. 너도 봤잖아."

분하게도 울컥 눈물이 솟았지만, 이미 시린의 눈에도 눈물이 차올라 완벽히 그려진 아이라이너와 마스카라를 위협하고 있었다.

"그래, 봤어."

"나는 중독 성향이 그렇게 강하지 않았나 봐. 그런 건 해도 그만, 안 해도 그만이었어."

시린이 말했다. 꼭 나한테 설명하는 게 아니라 '그냥 입 밖에 내는' 것처럼 들렸다. 어쩌면 지난 몇 달 사이 일어난 일들 때문에 이런 얘기를 할 만한 사람이 없었는지도 몰랐다.

"하지만 제시가 점점 정신을 못 차려서 무서워지기 시작했어. 그리고 나 혼자서는 제시를 거기서 꺼낼 수 없었어. 내 힘만으로는 무리였어. 걔네 엄마는, 너도 알잖아, 보고 싶은 것만 봤지. 넌 더 이상 코빼기도 안 비치고. 네가 떠난 후로 상황이 훨씬 더 나빠졌어. 내가 알기로 제시는 너를 되게 의지했고, 너희 아빠가 중독자였던 걸 잘 아니까 너한테 그런 모습을 보여 주긴 싫었던 거 같아."

제시가 나를 의지했다고? 설마. 제시는 그 세계의 중심이었고 아늑한 아지트와 귀여운 여자친구가 있는 데다 아랫동네 형들이 어울리고 싶어 하는 녀석이었다. 〈왕좌의 게임〉 세계관이라면 제시는 존 스노* 였고 나는 샘웰 탈리** 였다.

"그런 모습을 보고 싶지 않기는 했어."

목이 메어 목소리가 갈라졌다. 제이컵이 제시를 들먹였을 때도, 모나한 씨한테 한바탕 혼날 때도 꾹 참았던 눈물이 드디어 터졌다.

"나도야. 하지만 걔를 도와주지 못했어."

시린도 눈물을 펑펑 흘렸다. 얼핏 주위를 둘러보자 방 안에 있는 사오십 명의 사람들이 우릴 힐끔거리고 있었다.

---

• 〈왕좌의 게임〉에 등장하는 주요 인물. 정의롭고 강인한 리더로서 동료들의 신뢰를 받으며, 이야기 속에서 중요한 결정을 내리는 데 핵심적인 역할을 맡는다.

•• 〈왕좌의 게임〉에서 존 스노의 친구로 등장하는 인물. 착하고 똑똑하지만 겁이 많고 소극적이며, 주로 조력자 역할을 한다.

시린이 내 손을 잡아끌고 복도로 나섰다. 수많은 주황 옷을 지나쳤지만 아무도 우릴 막아서지 않았다. 두 청소년이 질질 짜는 모습은 오늘 이곳에서 그리 이상한 광경이 아니었다. 몇 군데 회의실 문을 확인했지만 모두 잠겨 있었다. 마침내 우리는 어두운 복도 끝에 이르러 바닥에 주저앉았다.

그사이 북받쳤던 감정이 좀 가라앉았다. 가끔 제시가 생각나서 괴로울 때마다 몸을 움직이면 좀 나아지곤 했다. 아마 그래서 요즘 자전거를 많이 탄 것 같다. 그렇게 얼마나 앉아 있었을까, 시린이 청바지 뒷주머니에서 편지 같은 걸 꺼내더니 몇 번 접었다 폈다 했다. 뭐라고 쓰여 있는지 묻지 않고 그저 곁에 앉아 있었다. 시린은 지금 내 마음을 이해할 수 있는 유일한 사람이니까.

시린이 마침내 입을 열었다.

"목요일 밤부터 이걸 읽을 기회가 없었어. 오늘까지. 웬디 데이비스가 아까 낭독한 수많은 편지 중 내 건 없었어. 그건 괜찮아. 수백 통을 다 읽을 순 없을 테니까. 하지만 그래서 아무한테도 내 사연을 전할 수 없었지. 아까 내가 여기 왜 왔는지 물어봤지? 아까 대답한 이유도 있는데, 누군가가 내 이야기를 들어 주길 바라는 마음도 있었어."

나는 잠자코 고개를 끄덕였다.

"웃긴 게, 나는 예전부터 글솜씨가 좋다는 말을 꽤 들었어. 선생님들이나 친구들한테. 커서 뭐가 될지, 대학 가서 뭘 전공하고 싶은진 잘 모르겠거든. 근데 작년에 캠벨턴 선생님이 나한테 작가가 되면 좋겠다고 하더라. 기말 과제를 돌려주면서 말이야. 계속 글을 써 보라고, 재능이 보인다고. 기분이 되게 좋더라. 하긴 누가 재능 있는 걸 싫어하겠어? 하지만 지난주 목요일에 이걸 쓰려고 앉았을 때 깨달았어. 선생님이 말한 그런 재능은 나한테 없다고. 왜냐면 쓰다가 지우고, 쓰다가 지우길 백만 번쯤 반복했거든."

"그건? 그것도 버리고 다시 시작하고 싶어?"

내가 시린의 손에 들린 종이를 가리키며 물었다. 시린은 잠시 생각하더니 고개를 저었다. 곱슬머리가 들썩였다.

"아니. 완벽할 필요는 없어. 그냥 진실하면 돼."

"들어 봐도 돼?"

고개를 끄덕인 시린이 다시 한번 종이를 펼치고 지난 목요일 밤에 내지 못한 목소리를 꺼냈다.

"안녕하세요. 제 이름은 시린 드한입니다. 저는 오늘 텍사스 주민으로서 현재 입법부에서 심의 중인 법안에 반대하고자 이 자리에 섰습니다. 많은 사람이 불편하게 여길 이야기지만, 제 경험을 들려드리고 싶습니다. 단순히 아기를 낳고 싶지 않아 임신 중단을 한 사람의 사연입니다. 강간당했거나 생명이 위독한 임신부의 이야기라면 더 설득력이 있겠죠. 오늘 많은 사람이 참석한다면 그런 사연도 듣게 되실 겁니다. 제 사연은 그만큼 비극적이지는 않지만, 결말은 같습니다. 한 사람이 자신을 위해 옳은 결정을 내리는 것으로 끝나죠."

시린은 숨을 골랐다.

"저는 열일곱 살에 임신을 했습니다. 지금도 아직 열일곱 살이고요. 전혀 예상치 못한 일이었습니다. 월경을 시작한 이후로 쭉 피임약을 복용했는데 주기를 한 번 놓친 것 같아요. 제가 특별히 부주의했다고는 생각하지 않아요. 남자친구와 성관계를 시작한 지 몇 달밖에 되지 않았을 때입니다. 보통 콘돔을 사용했지만, 처음에는 우리 둘 다 경험이 없어서 어떤 느낌인지 알고 싶었습니다. 같이 경험하고 싶은 것들이 많았죠. 우리가 경험하고 싶지 않았던 한 가지는 부모가 되는 것이었습니다. 적어도 저는 그랬어요. 그 친구는 어떻게 느꼈을지 모르겠습니다. 저는 임신 사실을 끝내 말하지 않았으니까요."

헉. 제시도 몰랐다고? 물어보려고 입을 열었지만 모나한 씨의 말이 생각나서 도로 다물었다. 시린을 방해할 수 없었다. 나는 궁금증을 내비치지 않으려고 시선을 내리깔았다.

"아마 여러분 중 일부는 제 사연을 듣고 저를 비난할 겁니다. 미성년자가 성관계를 했다고, 임신 중단은 살인 행위라고, 남자친구에게 먼저 말하지 않은 건 이기적이라고요. 그런데도 제 이야기를 공유하는 이유는 이 이야기도 중요하다고 생각하기 때문입니다. 흔히 임신 중단권에 관해 이야기할 때는 혈육에게 강간당해 임신한 청소년이나 임신 중단을 하지 못해 사망에 이른 여성처럼 극단적인 사례가 주목받습니다. 저도 그런 사람들이 안타깝고 걱정스럽지만 저 자신도 걱정합니다. 임신을 중단하려면 임신 몇 주 이하여야 하는지, 시술소의 복도가 얼마나 넓어야 하는지, 의사가 시술소뿐 아니라 다른 병원에도 등록돼 있어야 하는지 논할 때 저처럼 부모가 될 준비가 되지 않아 임신 중단을 선택한 사람들은 논의에서 배제

됩니다."

시린은 다시 한번 숨을 크게 골랐다.

"태아가 고통을 느낄 수 있는지, 아기를 원하지 않는다면 성관계를 하지 말아야 했는지, 생명은 수정과 동시에 시작되는지 등 여러분은 얼마든지 궁금해할 수 있습니다. 하지만 여러분이 그런 철학적 문제를 고려하는 동안 저는 제 남은 인생에 영향을 미칠 결정을 내려야 했습니다. 완벽하지 않은 사람들도 그런 결정을 내릴 권리가 있습니다. 이것이 제가 오늘 이 법안에 반대하는 이유입니다. 시간 내 주셔서 감사합니다."

잠시 후 고개를 들어 보니 시린은 긴장한 표정이었다. 나는 어떻게 반응해야 할지 몰랐다. 박수를 보내고 싶기도, 안아 주고 싶기도, 그런 일을 겪어 유감이라고 말하고 싶기도 했다. 시린이 임신했을 때 내가 곁에 있었으면서도 몰랐다는 사실이 실감이 안 났다.

"여기까지가 내가 하고 싶었던 말이야. 너라도 들어 줘서 다행이야."

시린이 왜 그렇게 임신 중단권을 열정적으로 옹호하는지, 왜 한 무리의 늙은 백인 남자들 앞에서 그 내밀한 얘기를 할 작정이었는지 알 것 같았다. 하지만 문득 그 반대편 주장과 캐시의 마음도 떠올랐다. 지금 이렇게 조곤조곤 대화하고 있으니 시린에게 내가 온종일 궁금했던 질문을 해도 괜찮을 것 같았다.

"다 이해가 되지만…… 반대편에서도 그럴듯하게 들리는 얘기를 많이 들었어."

나는 최선을 다해 말을 골랐다.

"혹시 임신 중단을 해서는 안 된다고 생각하는 상황이 있어?"

시린은 그게 무슨 질문이냐는 듯이 날 쳐다보다가 마침내 눈을 찌푸리며 대답했다.

"음, 있지? 아기를 낳고 싶을 때?"

간단하지만 핵심을 찌르는 말이었다. 캐시가 지금 여기 있는 건 캐시의 엄마가 아기를 낳는 걸 선택했기 때문이지 임신 중단이 불법이기 때문은 아니었다. 터놓고 얘기하자니 마음속에 떠오르는 또 다른 질문을 억누를 수 없었다.

"후회하지는 않아? 그러니까, 제시와의 아이라서."

시린은 고개를 가로저으며, 뻔한 걸 못 보는 내가 안쓰럽다는 듯이 웃었다.

"아니, 전혀."

"하지만 넌…… 제시의 일부를 가질 수 있었을 거야."

"알아. 나도 생각해 봤어. 가끔 그런 꿈을 꾸기도 해. 하지만 매번 안도감을 느끼며 일어나서 대학 원서를 작성하러 가지. 난 걔를 매일 생각해. 걔가 매일 그리워. 난 걔를 사랑했어. 하지만 이건 내 삶이고 내 몸이야. 단지 그런 일이 있었다고 해서 내 몸을 추모의 뜻으로 이용하진 않을 거야."

"입양은? 아기를 낳고서 입양을 보낼 수도 있었잖아."

시린은 고개를 끄덕였다.

"그것도 생각해 봤어. 하지만 그럴 이유가 없더라. 나는 임신 중단이 잘못이라고 생각하지 않으니까. 내 신체 주권을 포기할 필요도 없다고 생각해. 내 몸은 아이 낳는 그릇이 아니니까."

"제시에게 말 안 한 건 후회 안 해?"

더 어려운 질문이었는지 시린은 숨을 깊게 내쉬었다.

"말했더라도 아무것도 바뀌지 않았을 거야. 걔는 아마 자기 잘못인 것처럼 자책했을걸. 그냥 사고였는데 말이야. 임신 중단은 우리 둘 다를 위한 결정이었어. 걔는 분명 아빠가 될 수 없었을 거야. 미친, 그때 걔는 그런 말을 들을 수 있는 상태도 아니었어."

시린은 잠시 침묵하다가 이어서 말했다.

"엄마한테만 말했어. 무서웠지만 텍사스 주에서는 미성년자라면 반드시 부모 동의가 필요하거든. 그래도 임신 중단을 하겠다고 말하는 게 아기를 낳겠다고 말하는 것보다는 덜 무섭게 느껴졌어. 하지만 우리 가족은 이란 출신이잖아. 다른 집보다 훨씬 더 보수적이지. 다행히 엄마는 아빠한테 말 안 하고 내 선택을 이해해 줬어. 우리가 그런 선택지가 있는 곳에 살아서 다행이라면서. 엄마가 내 나이 때는 여자들이 각자 방법을 찾아야 했대. 아무튼 그래서, 쉽진 않았지만 말하길 잘했다고 생각해. 하지만 제시한테는 말할 수 없었어. 말할 생각도 안 했어. 그때 제시는 더 이상 제시가 아니었으니까."

그래, 맞다. 그 무렵 제시는 너무 변해서 다른 사람처럼 보였다. 제시가 제시처럼 보이는 순간, 우리가 여전히 친구인 것처럼 느껴지는 순간은 드물었다. 시린도 그렇게 느꼈을 줄은 몰랐다. 시린은 어떻게 견뎌 냈을까?

"알아. 그러니까, 나도 그 기분 잘 알아. 그걸 견디기 힘들어서 떠났고, 돌아올 수 없었어."

목소리가 점점 격앙됐다.

"걔가 날 필요로 할 때 내가 곁에 없어서 네가 나한테 화났던 거 알겠어. 지금도 안 풀렸겠지. 하지만 그때 걔는 이미 내가 알던 녀석이 아니었어. 그게 제일 힘들었어. 끊임없는 파티도, 술과 약 냄새도 아니고, 예전의 걔를 잃은 게 가장 힘들었어."

시린은 두 다리를 쭉 뻗고 시선을 내리깔더니 입을 열었다.

"나도 어떻게든 걔를 돌이키고 싶었어. 하지만 할 수 없었어. 아무리 말리고 설득해도 소용없었어. 그래서 걔네 엄마한테 말하자고 마음먹었는데, 계속 미루게 되더라. 헤어질 생각도 수없이 했어. 하지만 내가 떠나면 걔가 무슨 짓을 할지 몰라 무서웠어. 바비도, 홀리도, 다른 애들도 모두 도와주긴커녕 상황을 더 악화시켰어. 네가 있었더라도 걔를 구할 수 있었을지 모르겠어. 하지만 네가 있었다면 적어도 나 혼자 애쓰지는 않았을 거야."

시린의 목소리에 울음기가 섞였다. 나는 시린을 바라봤다. 문제의 원흉인 줄 알고 내가 오랫동안 원망했던 이 여자애는 그 문제를 고치려고 애썼을 뿐이었다. 그런 버거운 상황에 자신을 혼자 남기고 떠나서 오랫동안 날 원망했을 거였다. 시린도 날 마주 봤다. 시린의 얼굴은 눈물과 마스카라 얼룩으로 엉망이었다. 나는 다시 목이 멨지만 당장은 울고 싶지 않아서 울음을 삼켰다. 남은 말을 털어놔야 했다.

"제시는 내 절친이었어. 나도 걔랑 너, 다른 모두에게 화가 났었어. 너희는 내 인생에서 가장 소중한 존재였으니까. 난 너희를 잃고 싶지 않았어. 제시를 만나기 전에 내가 얼마나 외로웠는지 넌 모를 거야. 그래서 그때 더 머물 수 없던 거야. 거기엔 날 위한 자리가 남아 있지 않았으니까. 그냥 무섭고 암담했어. 내가 없어도 아무도 아쉬워하지 않으리란 걸 견딜 수 없었어. 그 녀석은 내 둘도 없는 친구였어, 시린. 걔가 가는 게 그런 길만 아니었다면 어디든 따라갔을 거야."

젠장, 눈물이 다시 솟구쳤다. 나는 또 눈물을 터뜨렸다. 제시가 그렇게 영영 가 버릴 줄 몰랐다. 나는 그때 죄책감에 사무쳐서 장례식도 못 갔다. 벽돌과 페인트로 얼룩진 밤보다 애초에 관계를 끊고 돌아선 것에 대한 죄책감이 더 컸다. 시린은 정곡을 찔렀다. 내가 떠나지 않았다면 제시가 아직 살아 있을지도 모른다는 생각을 그날 이후 수백 번은 했으니까.

시린이 나를 끌어당겼다. 우리는 서로의 품에 안겨 울었다. 시린도 나도 처음으로 이런 얘기를 타인에게 털어놓은 것이었다. 그렇게 우리는 서로 다른 방식으로 사랑한 소년, 구하지 못하고 잃어버린 소년을 떠올리며 한참을 앉아 있었다.

## 오후
# 8시 51분

영원할 것 같던 시간이 지나간 뒤 시린과 나는 팔을 풀고 떨어졌다. 우리 둘 다 더는 울지 않았다. 지금 시린이 어떤 기분일지 확실히는 몰라도 슬픔과 피로, 안도감이 뒤섞인 내 기분과 비슷할 듯했다. 공감은 말 없는 위로였다. 시린은 내가 내민 손을 잡고 일어나 눈가를 훔쳤다. 손끝에 마스카라가 진하게 묻어 나왔다.

"화장실 좀 가야겠어."

발걸음을 떼며 시린이 약간 어색하게 웃었다. 복도에서 지나치는 사람들이 시린의 얼굴을 힐끔거렸지만 시린은 개의치 않았다. 하긴 시린은 자기가 울었다는 걸 남이 알아채든 말든 신경 쓸 애가 아니었다.

복도는 피자를 먹거나(정말 사람들이 계속 유입되는 모양이었다) 수다를 떨거나 핸드폰을 만지작거리는 사람들로 가득했다. 나도 핸드폰을 꺼냈다. 화장실에 간 친구를 기다리는 사람이 달리 뭘 할 수 있겠는가? 하지만 딱히 흥미로운 소식은 없었다. 나는 여전히 시린과 모나한 씨 말고는 친구라고 할 사람이 없었다. 9시가 다 되어 가니 엄마에게 문자를 보내야 했다. 야근한 엄마가 곧 집에 올 시간이었다.

그런데 뭐라고 해야 하지? 내가 여기 있다고 하면 엄마는 어떻게 생각할까? 엄마가 주황 팀이거나 파랑 팀일 확률은 반반이었다. 데비 모나한과 친하면서도 모지에 신부님을 존경하는 사람이니까. 엄마는 지금 주의회 의사당에서 벌어지는 상황을 알 테니 내가 사실대로 말하면 골치 아픈 대화로 이어질 수도 있었다. 나는 당장 어느 편이냐는 질문에조차 답할 수 없었다.

나는 최대한 에둘러 문자를 보내기로 했다. '아는 사람 좀 만났어요. 늦을 거예요.' 가톨릭 신자인 엄마와 임신 중단을 주제로 대화하는 것보단 시린과 캐시 사이를 오가며 하루를 보냈다고 말하는 게 덜 어색할 것 같았다.

법적으로 사회봉사를 해야 하는 신세인 나지만 엄마는 대체로 날 믿었다. 내가 제이컵이나 토미와 어울리지 않으리란 것쯤은 알았다. 내가 한동안 외로웠다는 것도 알기에, 엄마는 별말을 얹지 않고 답장했다. '그래. 배고프면 냉장고에 피자 있다.' 당분간 피자는 사양이지만 말이다.

화장실에서 돌아온 시린은 울기 전과 다르지 않았다. 얼굴에 흐르던 검은 물줄기는 사라지고 평소처럼 완벽한 눈화장이 되어 있었다. 시린 같은 애한테는 간단한 작업인 듯했다.

"강당으로 가자. 분위기 전환이 필요해."

우리는 계단을 올랐다. 강당은 여전히 붐볐지만 뒤쪽에 한 쌍의 빈자리가 있었다. 우리는 자리에 앉아 스크린을 주시했다. 한 공화당 상원의원(아까 캐시와 함께 방청석에 있을 때 웬디 데이비스와 질의응답 하던 남자)이 일어나자 듀허스트 의장이 목적을 물었다.

“데이비스 의원님께 몇 가지 질문이 있습니다.”

“지금은 질문을 받지 않겠습니다. 감사합니다.”

웬디 데이비스가 말했다. 하지만 그가 말을 이어 가기 전에 처음 보는 다른 여자 의원이 자리에서 일어섰다.

“넬슨 의원님, 무슨 목적으로 일어나셨습니까?”

듀허스트가 묻자 넬슨이 말했다.

“데이비스 의원님께 발언을 양보할 의향이 있는지 묻고 싶습니다.”

“지금은 질문을 받지 않겠습니다.”

웬디 데이비스가 대답했다. 하지만 넬슨은 그 말을 대답으로 여기지 않았는지 자리에 앉지 않고 다시 듀허스트에게 물었다.

“의장님, 데이비스 의원님께 오늘 밤 다른 여성 의원의 질문을 위해 발언을 양보할 의사가 있는지 여쭤도 될까요?”

시린이 발끈했다.

“개수작이야. 여자가 여자를 침묵시킨다며 웬디가 여성을 존중하지 않는 것처럼 몰고 가려고.”

나는 그런 의도까지는 눈치채지 못했지만 확실히 웬디 데이비스는 방해를 많이 받고 있었다.

잠시 머리를 식히려고 데이비스의 말에 귀를 맡겼다. 나는 오늘 처음

보는 정치인이 '임신 및 출산으로 인한 주요 신체 기능의 돌이킬 수 없는 손상'에 대해 말을 늘어놓는 것을 들으며 휴식을 취할 만큼 이상하고 고된 날을 보내고 있었다. 시린도 나만큼이나 지쳐 보였다.

강당은 맨 앞의 파란 무리를 제외하고 주황 일색이었다. 압도적으로 열세인 공간에서 온종일 적에게 둘러싸여 있으면 정신적 압박이 상당할 듯했다. 의사당 어딘가에 파란색만으로 가득 찬 장소도 있으려나? 저 앞쪽에 앉은 파란 무리는 모두 서로 아는 사이일까? 아니면 단결을 위해 뭉친 걸까?

웬디 데이비스가 어느 상원의원을 언급하자 주황 팀이 환호성을 질렀다. 반대로 파란 팀에서는 야유가 터져 나왔다.

"레티시아 반 데 푸테 상원의원이 오늘 밤 상원에 합류했습니다. 반 데 푸테 의원이 이 자리에 함께하게 되어 매우 기쁜 동시에, 우리는 모두 지금 그가 겪는 상실의 아픔을 함께 느끼고 있습니다."

'반 데 푸테'라는 이름이 나올 때마다 주황 팀이 열광했다. 몇 사람이 환호하니까 다들 따라 하는 거겠지? 그야 주 상원의원을 가수 비욘세처럼 좋아할 정도로 열렬한 팬은 많지 않을 테니까. 하지만 시린도 반 데 푸테 의원이 방금 경기 종료와 함께 3점 슛을 넣기라도 한 것처럼 크게 환호했다.

웬디 데이비스는 약사 출신인 반 데 푸테 의원이 임신 중단 유도 약물에 관해 어떤 소견을 지니고 있는지 이야기했다. 나는 시린에게 몸을 기울이고 물었다.

"유명한 사람이야?"

"아아, 그런 건 아니고. 저분 아버지가 교통사고로 돌아가셨는데 장례식에 참석하느라 중요한 표결을 놓쳤거든. 개자식들이 그 틈에 법안을 통과시키려 했지. 오늘 가족과 함께 있다가 지금 왔나 봐."

아, 그분이었군. 캐시가 했던 말이 기억났다. 캐시는 저 위에 잘 있으려나? 시린과 나도 나름의 시련을 겪었지만, 적어도 배를 채우고 화장실에 다녀올 수는 있었다.

"오늘 꼭 올 필요는 없었는데. 이제 필리버스터만 남았으니까. 그런데도 왔네."

순간적으로 시린이 캐시 얘기를 하나 했다. 물론 곧바로 반 데 푸테 의원 얘기라는 걸 알아차렸지만.

웬디 데이비스가 임신 중단 약물에 대해 계속 발언하는 사이, 짧은 머리에 검은 색안경을 끼고 검은 옷을 입은 여자 의원이 자리에서 일어났다.

"잠시 실례하겠습니다. 캠벨 의원님, 무슨 목적으로 일어나셨습니까?"

듀허스트 의장이 묻자 캠벨이란 사람이 대답했다.

"데이비스 의원님께 몇 가지 질문이 있습니다."

"지금은 질문을 받지 않겠습니다. 감사합니다."

웬디 데이비스가 말했다.

"데이비스 상원의원이 양보를 거부했습니다."

듀허스트가 캠벨 의원에게 말했다. 스스로 보고 들을 수 있는 사람에게 굳이 말을 전해야 하는 게 정치인 모양이었다.

"음, 의사이자 여성 의원에게도요?"

캠벨이 말했다. 나는 시린을 힐끔 봤다. 역시 '여성'이라는 언급에 잔뜩 골이 난 눈치였다. 웬디 데이비스는 듀허스트를 물끄러미 바라봤다. 마치 '제가 방금 뭐랬는지 기억하시죠?'라고 묻는 듯한 표정이었다. 그러자 듀허스트가 "데이비스 상원의원이 양보를 거부했습니다"라고 재차 말했다.

캠벨은 "감사합니다, 의장님" 하고는 웬디 데이비스를 향해 "고려해 주셔서 감사합니다"라고 짓씹듯이 내뱉었다.

핸드폰을 꺼내 시계를 보니 9시 10분이었다. 자정까지 3시간도 남지 않았다. 시린은 트위터를 들여다보고 있었다. 이 기묘한 설왕설래를 사람들이 어떻게 해석하는지 확인하는 듯했다. 트위터에 몰두해 있던 시린은 앱을 새로고침하려는 듯 화면을 엄지로 연신 내리긋더니 답답한 표정으로 고개를 절레절레 흔들었다. 그러고는 나를 보며 말했다.

"올라가야겠어. 도나 캠벨이 필리버스터를 끝장낼 거야. 지금 당장."

# 오후 9시 11분

"뭐? 어떻게? 네가 그걸 어떻게 알아?"

갑자기 피가 식으면서 아드레날린이 솟구쳤다. 시린이 핸드폰을 두드렸다.

"내가 팔로우하는 소식통이 입법 보좌관들 쪽에 연줄이 있거든. 캠벨이 방금 또 다른 규칙 위반을 걸고넘어지기로 작정했대. 그게 세 번째 경고가 되면 당장 표결에 들어갈 거야. 지금 틈만 노리고 있대."

나는 자리에서 벌떡 일어났다.

"가자."

우리는 빠르게 강당을 벗어나 계단을 올라 로턴더로 들어섰다.

하지만 방청석 대기 줄을 보니 아무래도 입장은 무리였다. 간절히 기회를 기다리는 주황 옷으로 넘쳐났다. 몇 시간 전만 해도 대기 인원이 오륙십 명 정도였는데 지금은 수백 명으로 늘어나 있었다. 다들 필리버스터가 강제 종료되기 전에 방청석에 있는 사람들이 한꺼번에 자리를 떠나는 기적을 바라는 듯했다.

무력하고 절망적인 기분이 들었다. 제이컵 콜러의 머스탱을 몰고 가는 곳이 내 절친의 집이라는 걸 깨달았을 때 느낀 기분, 또는 절친과 연락을 끊고 몇 달 뒤 절친이 죽어서 영영 화해할 수 없다는 걸 깨달았을 때 느낀 기분과 비슷했다. 진정으로 소중한 게 뭔지 알았는데 그걸 지키기엔 이미 늦었을 때 드는 기분.

만약 시린이 임신 중단을 할 수 없었다면? 일면식도 없는 상원의원들이 멋대로 정한 법 때문에 아기 낳을 준비를 하느라 이 자리에 있을 수 없었다면? 가을에 학교로 돌아갈 수는 있었을까? 듀허스트든 캠벨이든, 그 누군가가 시린에게서 그 선택권을 박탈할 수 있다고 생각하니 황당했다. 생명이 수정과 동시에 시작되는지, 임신 중단이 옳은지 그른지는 모르겠지만, 우리가 그런 심오한 문제를 따지느라 시린처럼 현실을 살아가는 사람들을 잊고 있는 건 분명했다.

오늘 나의 모든 근원적 물음에 대한 답이 선명해졌다. '나에게는 무엇이 중요한가? 그리고 나는 어떤 사람이 되고 싶은가? 무엇보다, 나는 스스로 옳다고 생각하는 것을 위해 나설 수 있는 사람인가?

왜냐면 제이컵 콜러가 날 쥐새끼라고 불렀을 때 녀석이 틀렸다는 걸 알았으니까. 모나한 씨가 얼간이처럼 굴지 말고 내 바탕인 좋은 녀석이 되라고 말했을 때 그가 옳다는 걸 알았으니까. 그리고 캐시가 나에게 신념이란 게 있을지 모르겠다고 했을 때, 나는 그런 사람이 되기 싫었다. 꾀죄죄한 흰 티셔츠 차림으로 배회하며 시린이 이 모든 걸 혼자 감당하게 내버려두는 사람이 될 수는 없었다.

"우리 저 안에 들어가야 해."

내 말에 시린이 떨떠름하게 고개를 끄덕였다. '그거야 그런데, 어떻게?' 라고 말하는 듯한 표정이었다.

"가망 없을 거야."

시린이 한숨을 내쉬었다.

"따라와 봐. 잘하면 도움을 받을 수 있어."

이제 내가 어느 편인지 알기에 티셔츠를 홀랑 벗고(시린이 뭐하는 짓이냐고 눈으로 욕했다), 가방을 뒤져 '텍사스 여성의 편'이라고 적힌 주황색 티셔츠를 꺼냈다. 흰 티를 구겨서 쓰레기통에 던져 넣고 주황 티를 꿰입었다.

※※※

우리는 계단을 한 번에 두 칸씩 올랐다. 지금까지는 하루가 끝도 없이 펼쳐질 것만 같았기에 갑자기 이렇게 서두르는 게 낯설게 느껴졌다. 지금 우리는 함께 지지하는 대의의 마지막 순간을 목격하길 바라며 붐비는 계단을 뛰어오르고 있었다. 우리가 변화를 만들 순 없겠지만 지켜볼 수는 있었다. 그것도 의미 있는 일이었다.

3층에 이르러 보니 줄 선 사람들에게서 불안한 기색이 역력히 느껴졌다. 어떤 사람들은 핸드폰을 들여다보고, 어떤 사람들은 닫힌 문만 쳐다보고 있었다. 그렇게 간절히 보면 마법처럼 추가 좌석 800석이 나타나기라도 할 것처럼.

그리고 줄 맨 앞쪽, 바로 다음 차례 입장객인 모나한 씨와 콘스턴스 씨가 지친 낯으로 벽에 기대어 서 있었다.

"아직 여기 계셨네요!"

내가 모나한 씨에게 말했다.

"벗이 왔구먼!"

그가 오늘 아침처럼 날 반기며 말했다.

"여태 기다렸는데 우리가 어딜 가겠냐."

"부탁이 있어요. 큰 부탁이요."

나는 숨을 깊이 들이쉬었다. 시린 앞에서 말하기가 쉽지 않았다. 하지만 내가 되고 싶은 사람은 아무리 어려워도 해야 할 말은 하는 사람이었다.

"아까 말씀하신 거 생각해 봤는데, 제가……."

모나한 씨는 내가 뭘 부탁할지 눈치챘다는 듯 한 손을 들었다. 어차피 나도 어떻게 본론을 꺼내야 할지 몰랐기에 잠자코 입을 다물었다. 그는 우리를 물끄러미 보다가 콘스턴스 씨를 바라봤다. 그러자 콘스턴스 씨가 고개를 끄덕였다.

"어차피 저 안의 의자가 내 허릴 두 동강 낼까 봐 걱정하던 참이야."

시린은 콘스턴스 씨를 성인군자 보듯 바라봤다.

"진심이세요? 몇 시간 동안 기다리셨을 텐데."

"뭐 어떠니? 나는 이미 싸워 봤다. 이제 네 차례야."

콘스턴스 씨가 웃었다. 시린이 두 팔 벌려 콘스턴스 씨를 안았다. 콘스턴스 씨는 시린의 등을 두드렸다. 모나한 씨도 고개를 주억거렸지만 그저 졸린 것일지도 몰랐다.

시린은 모나한 씨와 콘스턴스 씨 뒤에 있는, 아까 오클라호마 주에서 왔다고 한 여자에게 물었다.

"우리가 이 두 분과 자리를 바꾼다면 실례일까요?"

여자는 어깨를 으쓱했다.

"아뇨. 제 앞에 여전히 두 명이 있는 건데요, 뭐."

시린은 그 여자와도 포옹했다.

"저들이 이대로 얼렁뚱땅 넘어가게 두지 말자고요."

시린의 말에 여자가 고개를 끄덕였다.

"어떻게 막을진 모르겠지만, 우리가 두 눈 시퍼렇게 뜨고 지켜본다는 건 알게 해야죠."

때마침 문이 열리고, 주황 티를 입은 작고 구부정한 노인이 손녀로 보이는 여자와 함께 나왔다. 문 앞에 있던 경찰이 "다음 두 분"이라고 말했다.

"들어가렴."

모나한 씨의 말에 나는 고개를 끄덕이고 악수를 청했다. 모나한 씨가 내 손을 잡고 흔들었다. 영광이라는 생각이 들었다. 이 세상에는 모나한 씨가 악수를 받아 줄 만한 사람과 그렇지 않은 사람 두 부류가 있는데 나는 전자에 속하는 듯했다.

나는 시린과 함께 상원 방청석에 입장했다. 갑자기 내 인생에서 가장 긴장감 넘치는 공간에 들어선 것 같았다.

# 오후 9시 40분

상원 본회의장은 전반적으로 조용했다. 방청석에는 사람들이 소곤거리는 소리가 떠돌았지만 아래 의석은 잠잠했다. 웬디 데이비스는 여전히 제자리에 서 있었지만 말을 하진 않았고, 도나 캠벨을 비롯해 규칙 위반을 들먹였던 의원들이 듀허스트의 의장석에 모여 있었다.

우리는 빈자리에 나란히 앉았다. 회의장과 멀찍이 떨어져 있어서 아무 말도 안 들렸지만 상황을 파악하고 싶은 마음에 몸을 앞으로 바짝 기울였다.

커플로 보이는 20대 남자 둘이 우리 앞에 앉아 있었다. 시린이 한 명의 어깨를 두드리고는 머리카락을 뾰족 세운 금발 남자에게 물었다.

"지금 무슨 상황이에요?"

"저 아래 사악한 마녀가 세 번째 규칙 위반을 지적했어요. 마지막 일격이죠."

시린을 돌아본 남자의 눈이 벌어졌다.

"아, 아까 그쪽 봤어요. 그 멋진 티셔츠! 반가워요. 난 이안이에요. 이쪽은 브랜틀리고요."

그가 손을 내밀며 말했다. 옆 남자는 각진 턱에 붉은 머리였다. 우리 넷은 악수와 이름을 나눴다.

"규칙 위반은 또 무슨 내용이었어요?"

시린이 묻자 이안이 입을 열었다.

"하, 순 억지예요. 웬디는 이 법안이 통과되면 임신 중단을 원하는 사람이 원래 한 번 갈 병원을 세 번 가야 할 거라고 이야기하고 있었어요. 지난번에 통과된 망할 초음파 검사 법* 때문이죠. 그랬더니 도나 캠벨이 '초음파 검사'가 이 법안과 관련 없다고 걸고넘어졌어요. 웬디는 현행법에 새 법안이 추가되면 임신 중단 절차가 얼마나 까다로워지는지 설명하는 중이었다며 해명했고, 지금 듀허스트가 다 불러 모아 조정 중이에요."

"결과는 정해져 있어요. 거의 다 왔는데. 지금 10시 다 됐죠? 성공이 코앞이었는데."

브랜틀리가 고개를 내저으며 넌더리를 냈다.

"정말 끝내기로 작정하고 틈만 노리고 있었나 봐요."

내가 말했다. 방청석에 포진한 주황색 군단, 시린과 이안, 브랜틀리와 함께 있으니 마음이 허전하지 않았다. 뜻이 맞는 사람들과 어울리니 비로소 소속감이 들었다.

주머니가 진동했다. 핸드폰을 꺼내 확인하니 캐시에게서 온 문자였다.

---

• 임신 중단 전 태아 초음파를 볼 것을 의무화하는 법률.

'다시 들어왔네.'

방청석 저편에 있는 한 줄의 파란 무리가 보였다. 캐시가 상처받은 표정으로 날 쳐다보고 있었다. 나는 내 주황 티를 내려다봤다.

'미안. 나중에 얘기할 수 있을까?' 내가 답장했다. 주황 티를 입거나 파란 티를 벗어서 미안한 건 아니었다. 그저 캐시의 마음을 상하게 해서 미안했다.

'너랑 할 얘기가 있을지 모르겠다.'

나는 몇 달 동안 제이컵과 토미를 피했고 오늘 아침 시린을 보자마자 엘리베이터에서 뛰어내리고 싶었다. 내가 한 일이 부끄러워서 그들을 마주하기 두려웠다. 지금은 부끄럽지 않으니 캐시에게 허물없이 이야기하고 싶었다. 하지만 모나한 씨 말대로 캐시가 듣고 싶어 하지 않는다면 그 마음을 존중해야 했다. 시린이 나를 힐끗 봤다.

"연애 사업에 문제 생겼어?"

"그런 거 아냐."

내가 말했다. 그제야 내가 더는 캐시를 연애 대상으로 보지 않는다는 걸 인식했다. 그러니 내가 캐시가 생각했던 알렉스 콜린스가 아니면 어떤가? 여기 상원 방청석에 시린과 함께 앉아 있자니 확실히 캐시가 생각했던 사람은 내가 되고 싶은 사람이 아니었다. 그 알렉스 콜린스도 좋은 녀석이겠지만, 나는 다른 종류의 좋은 녀석이 될 수 있다.

시린은 더 캐묻지 않고 답답한 표정으로 화제를 돌렸다.

"도대체 지금 저 아래에서 무슨 일이 벌어지고 있는 거지?"

"민주주의의 실패."

우리 뒷줄에 가족과 함께 앉은 여자가 답했다.

"난 졸린이라고 해."

우리는 졸린과 그의 남편 조시에게 인사했다. 어린 두 딸은 아이패드로 게임을 하고 있었다. 나는 답을 알면서도 물었다.

"우리가 할 수 있는 일 없을까요? 이건 아니잖아요."

"이건 아니지. 하지만 여긴 텍사스야. 우리가 할 수 있는 일은 더 나은 대표들을 뽑는 것이지."

졸린이 대답했다.

"그건 지금 아무 소용 없잖아요."

내 말에 조시가 회의장을 가리켰다.

"저들에게 달린 일이야. 우리가 뭘 어쩌겠어. 그게 법인걸."

듀허스트의 자리에서는 여전히 회의가 진행 중이고 웬디 데이비스는 우리처럼 그들을 주시하며 기다렸다. 눈 뜨고 코 베이지 않으려고.

✖✖✖

알고 보니 정말로 눈 뜨고 코 베일 수 있었다. 주변 사람과 대화하고 트위터를 확인하며(시린은 배우 리나 더넘이 #StandWithWendy를 붙여 트윗한 걸 보고 감격했다. 내가 〈왕좌의 게임〉을 좋아하는 만큼 〈걸스〉를 좋아하기 때문이다) 회의장을 지켜본 지 30분 정도 지나자, 모여 있던 의원들이 제자리로 돌아가고 듀허스트가 의사봉을 두드렸다.

"의원 여러분, 의회법 고문과 상의하고 토론을 검토한 결과, 캠벨 상원의원의 이의 제기를 타당하고 유효한 것으로 판결합니다."

듀허스트가 다시 의사봉을 두드렸지만 내가 앉은 곳에서는 들리지 않았다. 방청석 전체가 야유로 들썩였기 때문이다. 몹시 시끄러웠다. 나는 조마조마한 마음으로 주위를 둘러봤지만 경찰은 오지 않았다. 사방이 야유와 고함으로 떠들썩한 와중에 한 상원의원이 일어서서 말하기 시작했다. 마이크에 대고 말하는데도 들릴까 말까 했다.

"상원 법안 5호에 대한 하원 수정안에 동의할 것을 제안합니다.[•]"

내 앞에서 브랜틀리가 "개소리!" 하고 외쳤다. 여전히 경찰은 나타나지 않았다. 그 사이 민주당 쪽에서 인터넷 밈의 주인공, 커크 왓슨이 일어났다.

듀허스트가 의사봉을 세 번 내리쳤지만, 사람들은 한마디를 연호하기 시작했다.

"발언시켜![••] 발언시켜!"

시린도 "발언시켜!" 외치며 주먹을 내질렀다. 콘서트장에서 더 블랙 키스가 〈론리 보이〉를 부를 때 호응하던 모습이 겹쳐 보였다. 이안과 브랜틀리도 똑같이 했다. 나도 내 목소리를 찾아 보탰다. "발언시켜! 발언시

---

• 해당 법안을 하원이 수정한 것에 대해 상원이 동의할 것을 제안하는 발언. 상하 양원이 법안의 최종 버전에 동의해야 법안이 최종 통과된다. 따라서 이 발언은 의장의 판결로 필리버스터가 종료되었으니 법안을 표결에 부치자는 뜻이다.

•• Let her speak! 웬디 데이비스의 필리버스터를 중단하지 말라는 뜻이다.

켜!" 그 구호는 기세를 타고 꼬박 1분간 계속됐다. 당신들이 무슨 수작을 부리는지 우리가 이 위에서 똑똑히 지켜보고 있다는 걸 알리기 위해서.

의장의 허락하에 커크 왓슨이 입을 떼자 방청석의 함성이 멎었다. 거의 모든 문장을 '의회 질의입니다.•'로 시작하며, 왓슨은 앞서 듀허스트가 세 번째 경고 이후 토론 종결 여부를 표결에 부친다고 밝혔음을 지적했다. 의장이 단독으로 필리버스터를 끝낼 수 없다는 것이었다. 그래서 뭐가 달라진다는 건지 모르겠지만 내가 오늘 배운 바로는 저 아래 사람들에겐 절차가 굉장히 중요한 모양이었다. 이를 뒷받침하듯 방청석의 누군가가 "옳소!" 하고 외쳤다.

듀허스트는 다시 의회법 고문과 상의했다. 모든 게 위태롭게 느껴졌다. 그때 이안과 브랜틀리가 "웬디! 웬디!" 하고 외치기 시작했다. 시린과 나도 동참했고, 순식간에 방청석 전체가 들썩였다. 아까 소란 행위에 대해 경고를 받았으니 우리는 지금 법을 거스르고 있었다. 하지만 너무 기분이 좋아서 멈출 수 없었다.

커크 왓슨이 듀허스트 의장에게 텍사스 주 상원의 의사 진행 규칙을 계속 설명했다.

"세 번째 경고든 세 번째 규칙 위반이든 일단 판결하셨다면 토론 종결 여부를 본회의에 상정하셔야 합니다."

나는 트위터를 확인하는 시린을 바라봤다. 시린이 말했다.

"저 말이 맞아. 적어도 트위터에서는 다 그렇게 말하고 있어. 듀허스트

---

• Parliamentary inquiry. 의장에게 입법 절차 또는 규칙에 대해 공식적으로 제기하는 질문으로, 필리버스터를 연장하기 위한 시간 끌기 전술로 사용되는 경우가 많다.

는 세 번째 경고를 날릴 수 있지만 그래서 어떻게 할지 결정하는 건 상원 몫이야."

듀허스트가 다시 의회법 고문과 상의했다. 이대로 가만히 앉아 있자니 답답했다. 뭐라고 외치거나 뭐라도 목격하고 싶었다. 그때 커크 왓슨이 다시 입을 열었다.

"저는 의장의 판결에 이의를 제기하며, 의장의 판결을 기각할 것을 제안합니다."

주황 팀이 즉시 함성을 질렀다. 마치 여기가 풋볼 경기장이고 우리가 응원하는 팀이 실책을 만회한 것 같은 분위기였다. 갑자기 한줄기 희망이 비쳤다. 커크 왓슨은 방청석을 바라보며 다음 대사를 힘차게 내뱉었다.

"제가 알기로 이 제안은 토론이 가능합니다. 맞습니까?"

듀허스트 의장은 완전히 지친 듯 몸을 축 늘어뜨리고 말했다.

"맞습니다."

모두가 손뼉 치며 환호했다. 나는 무슨 일이 벌어지는지 모르면서 얼떨결에 동참했다.

"무슨 뜻이에요?"

나는 시린, 이안, 브랜틀리, 졸린, 조시, 그리고 앵그리버드 게임을 하는 자매 중 아무나가 대답하기를 바라며 물었다.

"왓슨이 필리버스터 속 필리버스터를 할 수 있다는 뜻이지."

조시가 말하자 시린이 내 팔을 꽉 잡았다. 아직 끝난 게 아니라는 뜻이었다.

# 오후 10시 20분

하루가 이렇게 흘러갈 줄이야. 오늘 아침 9시에 내가 가장 기대한 일은 모나한 씨에게 킹스 랜딩에서 어떤 일이 벌어지는지 읽어 주는 것이었다. 그 후에는 집에 가서 게임기와 함께 좋은 시간을 보낼 줄 알았다. 그런데 웬걸, 내 생애 첫 정치 시위에 참여하게 됐다. 1시간 전까지만 해도 딱히 공감하지 못하던 대의를 위해서. 예쁘고 똑똑하고 재밌기까지 한, 내가 넘보지도 못할 상대와 깊은 감정적 유대감을 나눴지만, 사실 나는 캐시 라미레즈에게 그렇게 푹 빠진 게 아니었고, 그래서 다행이었다. 걘는 이제 날 거의 싫어하니까. 한편 나는 원수였던 시린 드한과 화해했고, 지금 우리는 텍사스 주 상원 방청석에 앉아 커크 왓슨이 2시간 40분 간의 필리버스터를 시도하는 걸 지켜보고 있다. 〈왕좌의 게임〉 시즌 피날레나 슈퍼볼 후반전이라도 보듯이 몰입한 채로.

꽤 낯선 하루였다.

회의장에서 커크 왓슨이 상원 규칙에 대해 말을 늘어놓을 준비를 하고 있었다. 솔직히 나는 뭐가 어떻게 돌아가는지 잘 몰랐다. 하지만 내가 특별히 무식하게 느껴지지 않은 것은 지난 11시간 동안 실제 상원의원들도 딱히 나보다 아는 게 많지 않다는 걸 배웠기 때문이다. 총책임자라고 할 수 있는 데이비드 듀허스트조차도 5분 전에 제비뽑기로 의장직을 맡은 것처럼 자기 아이패드로 규칙을 탐독하고 있었다.

결국 듀허스트는 의사봉을 두 번 두드리고서 자신의 판결에 커크 왓슨이 항소 중이므로 의장직에서 물러나고 덩컨이라는 상원의원에게 권한을 넘긴다고 선언했다.

의장석에서 잠시 몇 마디가 오간 후, 덩컨이 방청석을 향해 입을 열었다.

“자, 방청객 여러분, 회기 시작과 함께 공지한 상원의 예절 관련 규범에 따라 본회의장에는 정숙해 주시기 바랍니다. 본회의는 중대한 사안을 논의 중입니다. 방청객은 참관만 할 수 있습니다. 의원들이 효과적으로 논의할 수 있도록 장내 소란 행위는 엄격하게 단속할 것입니다.”

레티시아 반 데 푸테 의원이 자리에서 일어났지만, 덩컨은 아랑곳하지 않고 말을 이었다.

“만약 방금과 같은 소란이 또다시 발생하면 퇴장 조치할 것입니다.”

아버지의 장례식을 치르느라 이미 힘든 하루를 보냈을 반 데 푸테가 “의장님? 의장님?” 하고 재차 부르자 덩컨이 마침내 목적을 물었다.

“의회 질의입니다.”

반 데 푸테가 말했다. 오늘 주 상원의원들에게 하도 들어서 익숙한 말이었다.

아무도 쫓겨나고 싶지 않았기에 방청석은 이제 잠잠했다. 의회 질의의 지루한 특성에도 불구하고 우리는 초집중 상태였다. 질의 자체가 궁금해서는 아니었다. 마치 이 필리버스터의 목적이 실제로 웬디 데이비스가 임신 중단에 관해 장시간 일방적인 토론을 하다가 공교롭게 자정을 넘기는 것이 아닌 것처럼 말이다. 한쪽은 규칙을 멋대로 지어내고 다른 쪽은 그 틈을 기습 공략해 이겨야 하는 이상한 경합이 우리 눈 앞에 펼쳐지고 있었다.

반 데 푸테 의원은 새 임시 의장에게 자신이 늦게 왔으니 그간의 진행 과정을 자세히 알려 달라고 요청했다.

덩컨은 "필리버스터 진행 규칙에 명시된 절차에 따라 진행 중입니다"라고 무성의하게 대꾸했다. 이에 굴하지 않고 반 데 푸테는 '의회 질의입니다'라는 말로 천천히 운을 떼며 후속 질문을 계속했다. 나는 핸드폰을 꺼내 스톱워치 타이머를 켜고 "의회 질의입니다" 하고 천천히 속삭여 보았다. 2.39초가 걸렸다. 이 말을 스물다섯 번만 하면 1분이었다. 그렇게 특별 입법 회기가 끝나기까지 남은 100분을 소모하면 임신 중단을 제한하는 법안을 막을 수 있을 터였다. 시린을 비롯해 임신 가능한 모든 사람의 권리가 달린 일이었다.

그 일이 바로 지금 텍사스 주 상원 본회의장에서 진행되고 있었다. 커크 왓슨과 레티시아 반 데 푸트가 웬디 데이비스의 필리버스터를 이어받아 결승선까지 끌고 가는 것. 남은 100분을 채우기만 한다면 어떻게 채우느냐는 조금도 중요하지 않다.

반 데 푸테는 웬디 데이비스의 필리버스터를 종료시킨 세 가지 규칙 위반 사항을 알고 싶다고 말했다.

"그때 저는 이 자리에 없어서 알 수 없었습니다. 아버지 장례식에 참석 중이어서 온라인 중계를 시청할 수도 없는 상황이었습니다."

차마 무시 못 할 사정에 덩컨은 한숨을 쉬며 그간 있었던 일을 요약했다. 오싹한 산타클로스처럼 생긴 니콜스 의원이 웬디 데이비스가 주 정부 예산을 언급했다는 이유로 첫 번째 규칙 위반을 지적했고, 내가 못 본 윌리엄스라는 의원이 데이비스가 다른 민주당 의원의 도움을 받아 허리 보호대를 착용했다는 이유로 두 번째 규칙 위반을 지적했다. 반 데 푸테는 세 번째 규칙 위반 지적 당시 이 자리에 있었기에 그 대목으로는 시간을 잡아먹을 수 없었다. 반 데 푸테는 아직 할 말이 남은 듯했지만 다른 덩치 큰 남자 의원이 일어나며 반 데 푸테와 동시에 "의장님" 하고 말했다.

덩컨이 남자를 향해 "에스테스 의원님, 무슨 목적으로 일어나셨습니까?" 하고 물었다.

에스테스가 뭐라고 운을 떼자마자 또 다른 남자, 휘트마이어라는 의원이 일어나 "의회 질의입니다" 하며 끼어들었다.

"전략적이네. 꼭 '의회 질의입니다'라고 말해서 3초씩 먹어 치우니까."

내가 시린에게 속삭이자 지난 몇 분 동안 트위터를 탐색하던 시린이 고개를 내저었다. 그러고는 사실상 모든 지식의 원천인 자기 핸드폰을 가리켰다.

“그래서 그러는 게 아니야. 규정상 의회 질의를 제기하면 다른 사람보다 먼저 발언할 수 있대.”

“아하. 이 사람은 우리 편 맞지?”

내 물음에 시린은 휘트마이어를 가리키며 “이 사람은 맞아” 하고 에스테스를 가리키며 “저 사람은 아니고” 했다.

휘트마이어는 의회 규정에 대해 이러쿵저러쿵 말했다. 무슨 뜻인지 모르겠지만 굳이 알아들을 필요는 없었다. 그는 1분을 더 먹어 치웠다.

휘트마이어가 하나 마나 한 질문을 던지고, 덩컨이 휘트마이어가 이미 알고 있는 내용을 대답하며 1분이 더 지났다. 그 사이 어딘가에서 ‘들여보내 줘!’ 외치는 소리가 연달아 들려왔다. 나는 덩컨이 경찰을 시켜 우리를 끌어낼까 봐 조마조마했다. 그제야 그 소리가 두꺼운 문밖에서 사람들이 외치는 소리라는 걸 깨달았다.

문밖의 외침이 잠잠해지며 휘트마이어의 질문도 바닥났다. 덩컨이 “에스테스 의원님, 발언하십시오”라고 했다. 나는 다시 우리 편이 망하기 직전임을 깨달았다.

“커크 왓슨은 어떻게 된 거지?”

내가 시린에게 물었다. 시린은 자기도 모르겠다는 눈으로 고개를 저었다. 나만 궁금해하는 건 아니었다. 우리 뒤의 졸린과 조시, 우리 앞의 이안과 브랜틀리, 다른 방청객들의 표정에 같은 의문이 보였다. 시린이 핸드폰으로 성난 트윗들을 보여 줬다. ‘왓슨은 발언권을 양보한 적 없다’라는 말이 눈에 띄었다. 다른 날이었다면 전혀 못 알아들었겠지만 오늘은 나뿐 아니라 지금 이 상황을 지켜보는 전 세계 수만 명이 이해할 말이었다.

시린에게 누가 쓴 트윗이냐고 묻자 시린은 어깨를 으쓱하며 프로필 사진인 노란색 아바타를 터치했다. 계정주의 위치는 캐나다 밴쿠버였다. 트위터의 별별 괴짜들이 이 상황을 주의 깊게 지켜보고 있었다.

본회의장에서는 이제 누가 발언할 차례인지, 왓슨이 발언권을 양보한 것인지 아니면 반 데 푸테가 의회 질의를 제기하며 먼저 발언한 것인지 논의하고 있었다.

그 여부가 매우 중요하기에 한편으로는 긴박한 상황이었다. 왓슨이 발언권을 넘긴 것이라면 궁극적으로 임신 중단 시술소 수십 곳이 문을 닫아 수많은 사람이 불행해질 터였다. 또 한편으로는 정치인들이 복잡한 게임 규칙을 놓고 왈가왈부하고 있기에 몹시 지루한 상황이기도 했다. '흥미로우면서 지루하다'라는 게 이제껏 내 전반적인 감상이었다. 마치 판돈이 높아 긴장감은 고조되지만 모든 선수가 형편없는 패만 쥐고 있는 포커 게임을 시청하는 기분이었다. 하지만 지금은 지루하지도 흥미롭지도 않았다. '왓슨이 발언권을 양보했는가' 논쟁을 바라보고 있자니 부아가 치밀었다. 이들에게는 해당 법안이 실제 사람들의 삶에 미칠 영향보다 절차상의 문제를 따지는 게 더 중요한 것처럼 보였기 때문이다.

아까 웬디 데이비스의 허리 보호대 착용을 도와줬던 로드니 엘리스 상원의원이 나서서 덩컨에게 녹취록이나 녹화본을 확인하라고 요구했다. 그래야 커크 왓슨이 "이 제안은 토론이 가능합니다"라고 말한 직후 발언권을 양보하지 않았음을 증명할 수 있다는 것이었다. 비록 나도 알고, 이 방청석의 다른 499명도 알고, 온라인으로 시청 중인 10만 명도 아는 사실이지만 말이다. 우리 모두 유심히 지켜보고 있었으니까.

장내는 당장 폭동이라도 일어날 것처럼 들썩였다. 사람들은 불편한 의자 끄트머리에 걸터앉아 당장이라도 저 아래 덩컨이든 에스테스든 부정행위로 법안을 통과시키려는 인간에게 뛰어들어 팔꿈치를 내리찍을 기세였다. 나는 파란 팀을 건너다보며 캐시의 시선을 잡으려고 했지만 캐시든 마샤든 파란 옷을 입은 사람은 주황 옷을 입은 사람과 눈을 마주칠 생각이 없어 보였다.

그때 덩컨이 에스테스 의원에게 토론 중단 동의안을 제안할 수 있는 발언권이 주어졌다고 선언했다. 그의 차례가 아닌데도 말이다. 나는 허탈한 기분에 휩싸였다. 조작된 경기를 지켜보느라 지난 11시간을 허비한 것만 같았다. 그때 다른 상원의원이 마법의 단어 '의회 질의'를 꺼냈다. 덩컨이 한숨을 쉬고 말했다.

"웨스트 의원님. 질문하십시오."

"귀하의 결정에 항소할 수 있습니까?"

# 오후 11시 5분

우리의 하루는 웬디 데이비스가 몹시 따분한 연설로 법안을 부결하려는 시도를 지켜보는 데서, 토론을 어떻게든 이어 가려는, 패색 짙은 민주당 상원의원들의 시도를 지켜보는 일로 바뀌었다.

웬디 데이비스는 이 모든 일이 벌어지는 동안에도 여전히 의석에 서 있었다. 나는 다시 캐시 쪽을 힐끔거렸다. 캐시는 내가 알기로 지난 12시간 동안 먹지도 마시지도 않았다. 우리가 같은 편이었다면 좋았을 텐데. 나는 정말 캐시와 친구가 되고 싶었다. 한동안 입이 거친 팔순 노인 빼곤 친구가 없었고, 내가 아는 가장 괜찮은 또래 애들과 어울리고 싶었다. 그중 하나는 시린이고 또 하나는 캐시다. 애초에 캐시가 아니었다면 나는 이 자리에 올 수 없었다.

회의장에서 웨스트와 덩컨이 토론 규칙에 대해 열띤 논쟁을 벌이고 있었다. 나는 시린에게 말을 걸었다.

"인터넷으로 보고 있는 사람들은 흥미진진하겠다."

"여기 보니까 14만 명이 시청 중이야."

"대박. 트위터에 뭐 또 중요한 얘기 없어?"

시린은 고개를 절레절레 흔들었다.

"없어. 이 개떡 같은 상황을 보고 있으니까 돌아 버릴 것 같아서 들여다보고 있을 뿐이야."

시린은 핸드폰을 잠금 화면으로 돌리고 회의장을 내려다봤다. 백발의 여성 상원의원이 말을 하고 있었다. 데비 모나한의 좀 더 나이 든 모습 같았다. 몇 초 후 시린은 핸드폰 잠금을 해제하고 트위터를 새로고침한 뒤 새로 올라온 다섯 개의 트윗을 읽고 다시 화면을 잠갔다.

나도 초조하긴 하지만 시린만큼 이 일에 감정적으로 얽힌 건 아니었다. 불안과 무력감에 떠는 시린을 지켜보기 힘들었다. 시린에게 '무력감'이라는 단어는 어울리지 않았다. 제시와 시린이 사귈 때 내가 진심으로 응원하지 못했던 이유는 시린이 좀 무서워서 위축됐기 때문이었다.

지금은 무섭지 않다. 비록 시린이 난간을 뛰어넘고 회의장에 네 발로 착지해 에스테스 의원에게 달려들며 목을 물어뜯는 장면이 그려지긴 한다. 하지만 그건 시린이 무서워서가 아니라 얼마나 강하고 당찬 애인지 알아서다. 오늘이 내가 시린을 제시의 여친이 아니라 시린 그 자체로 본 첫날일지도 몰랐다. 제시가 떠났으니 그게 당연하기도 하지만 한편으로는 모나한 씨의 조언을 따르고 있는 듯한 기분이 들었다. 시린은 제시와 함께할 때도 그저 '제시의 여친'인 적 없었지만 나는 내가 화난다는 이유로 시린을 그 이상의 존재로 여기지 않았었다.

시린은 핸드폰을 뒷주머니에 넣고 입술 사이로 숨을 천천히, 소리 내어 내쉬었다. 본회의장에서 데비를 닮은 상원의원이 경고가 무효하다며 주장하고 나섰다. 상원 규칙에 따라 세 차례 경고는 모두 '밀접한 관련성'에 관한 것이어야 하는데 두 번째 경고는 허리 보호대 착용에 관한 것이었으므로 유효하지 않다는 것이었다. 타당하지만 먹히지 않을 주장이었다. 나는 오늘 그 어떤 '토론'도 누군가를 설득하거나 표심에 영향을 미칠 수 없다는 걸 충분히 보았다. 어차피 이건 논리 싸움이 아니라 시간 싸움이었다. 더 길게 발언할수록 좋고, 발언 내용은 채점관을 제외하고 누구에게도 중요하지 않았다.

몇 분 뒤 덩컨은 그 의원의 질문도 묵살했다. 시린은 눈물을 터뜨리기 직전이었다. 그 모습을 보니 나도 울컥했다. 오늘 내가 여기 없었다면 시린은 혼자, 아니 적어도 이 일이 자신에게 어떤 의미인지 진정으로 알아주는 사람 없이 이 상황을 지켜보고 있었을 거다. 상황이 돌이킬 수 없는 지경으로 흘러가는 걸 바라만 봐야 하는 지금, 시린은 얼마나 힘들까?

덩컨은 커크 왓슨에게 마무리 발언을 할 때가 되었다고 말했다. 이제 누가 옳고 그른지 따질 생각도 없다는 뜻이었다. 법안 통과까지 45분밖에 남지 않은 상황에서 그들은 자신들의 이상한 규칙을 어겨서라도 커크 왓슨의 발언을 끊을 터였다. 누가 어떤 말을 해도 그들의 마음이 바뀔 리 없었다.

커크 왓슨이 발언을 시작했지만 나는 몇 달 전 가을밤이 떠올라서 집중할 수 없었다.

제시와 시린은 그날 아침 등교 전에 크게 싸웠다. 나는 전날 밤 더블 데이브에서 야간 근무를 해서(발붙일 곳이 없어 일부러 추가 근무를 할 때였다) 둘이 싸웠다는 사실만 전해 들었다. 같이 어울리던 녀석들은 눈치만 보고 있었다. 나는 2교시 영어 시간에 제시를 보고 어떻게 된 일인지 물었다.

"몰라. 짜증 나. 그냥 예전으로 돌아가고 싶어."

그 말을 듣고 나는 크게 안도했다. 우리는 여전히 방과 후에 소소하게 어울리곤 했지만 나는 학기 초에 낯선 형들이 알약 한 봉지를 들고 왔던 역겨운 밤 이후로 주말에는 차고 건물을 찾지 않았다. 나야말로 간절히 예전으로 돌아가고 싶었다.

"이따 퇴근 후에 들를까? 피자 한 판 가져갈게. 바비랑 같이 영화나 볼래?"

"그래, 뭐. 좋지."

제시가 건성으로 답했다.

출근하자마자 아르노에게 조기 퇴근해도 되냐고 물었고, 오랜만의 요청이라 그는 흔쾌히 허락했다. 퇴근 전에 근무마다 제공되는 피자 한 판을 직접 만들어 자전거에 묶고 10시가 조금 넘은 시각에 제시의 집으로 향했다.

하지만 나는 곧 바보가 된 기분에 휩싸였다. 제시의 집 앞 진입로에는 차가 여섯 대쯤 서 있었다.

차고 건물 안으로 들어섰다. 열두 명쯤 있는데 아는 얼굴은 다섯이었다. 모르는 얼굴 하나가 반색하며 "와, 우리 피자 시켰어?" 외쳤다. 내가 안으로 더 들어가자 녀석이 놀라며 물었다.

"배달부도 우리랑 같이 파티하는 거야?"

"아니, 걔는 알렉스야. 걘 파티 안 해."

제시가 대답했다. 내가 자기 기분을 상하게 했다는 투였다. 아니면 그게 그 무렵 제시의 기본 상태일 수도 있었다.

내가 커피 테이블 위에 피자를 올려놓자 제시가 바비를 향해 물었다.

"네 사촌 언제 온대? 코크* 가져오는 거 맞아?"

"곧 올 거야, 곧."

바비가 얼빠진 미소를 걸치고 말했다. 감당하기 벅차서 그냥 돌아서서 떠날까 했다. 어쩌면 나는 정말로 피자 배달부에 지나지 않았으니까. 하지만 나는 혼자 집에 있을 때보다 외롭고 슬픈 밤이 될 것을 예감하면서도 체념하듯 소파를 향해 다가갔다.

손님은 점점 불어났다. 듣자 하니 다들 바비의 사촌이 가져오기로 한 물건을 원하는 듯했다. 나는 그 차고 건물에서 혼자 영화 〈렛 미 인〉을 자막으로 보고 있었다. 1시간쯤 뒤 시린과 홀리가 왔다. 제시와 시린은 헤어지지 않은 모양이었다. 얼마 안 있어 좀 더 나이 든 바비처럼 생긴 남자가 왔다. 바비가 곧장 다가가 그와 악수를 하고 현금 한 뭉치를 건넸다.

바비의 사촌이 하얀 가루가 든 봉지를 들고 부엌으로 갔다. 제시는 열성적인 학생처럼 그 주위를 맴돌았다. 영화에서처럼 면도날로 코카인 분

• Coke. 코카인의 비격식 표현.

말을 줄 세우는 걸 구경하려고. 나는 보고 싶지 않아서 발코니로 나갔다. 발코니에는 아무도 없었다. 텍사스의 10월은 한밤중에도 30도가 넘고, 무엇보다 코카인이 전부 안에 있었으니까.

나는 본채로 이어지는 길을 내려다보며 상상했다. 자전거를 타고 집에 돌아가 자는 엄마를 깨워 모든 걸 털어놓는 상상. 하지만 그럴 수 없다는 걸 알았다. 그래서 그냥 거기 서서 자기 연민에 빠져 있었다.

잠시 후 발코니 문이 열리더니 시린이 나왔다.

"와. 여기 무진장 덥네."

"안이 더 시원해."

내가 시린이 방금 들어온 문을 머리로 가리키며 말했다. 나는 시린이 왜 나왔는지 몰랐다. 제시와 바비와 나란히 있을 줄 알았다. 시린은 고개를 저었다.

"너무 북적여."

"그럼 누가 좀 돌려보내야겠네."

내가 시린을 날카롭게 보며 말했다. 시린은 내 말에 감정이 상한 기색이었다. 나는 의아했다. '자기' 사람들 아닌가? 그러더니 시린은 철제 난간에 팔꿈치를 대고 진입로를 내다봤다. 몇 달 뒤 나는 그 진입로에서 내가 손수 차를 몰고 데려온 녀석들이 시린의 차를 망가뜨리는 걸 목격하게 될 터였다.

"내일 돌아가겠지. 그러고 나면 좀 더 차분하게 놀 수 있을 거야."

시린이 말했다. 그럴 가망은 없다는 걸, 그때쯤 확실히 알았다. 아무도 그런 데 관심이 없었다. '차분하게 노는' 것을 원하는 사람은 시린과 나 둘 뿐인 듯했다. 그래서 우리는 한동안 그저 발코니에 서서 이마에 맺힌 땀을 간간이 식혀 주는 바람을 즐겼다. 안에서 우릴 찾는 사람은 아무도 없었다.

# 오후 11시 34분

상원 방청석에 앉아 그날 밤을 떠올리니 시린과 남모를 유대감을 느낀 기억이 났다. 조금 덜 외롭다고 느끼기도 했다.

하지만 모두에게 너무 상처받고 화가 나서 그런 감정을 묻어 버렸다. 더는 처량해지기 싫어서 제이컵과 토미와 어울리고, 내 친구들을 험담하고, 쓰레기 같은 언행에 동조했다. 그런 식으로 내 상처를 되갚아 줘야만 아픔을 잊을 수 있을 것 같았다.

이제야 깨닫는다. 시린과 내가 진작 친해졌다면 변화를 가져올 수 있었을지도 모른다. 제시를 위해서는 너무 늦었지만 여기서는 가능할지도.

상원 회의장에서 커크 왓슨이 적어도 10분 이상 말하고 있었다. 그는 두꺼운 상원 규정집을 꺼내 긴 발췌문을 읽으며 최대한 시간을 끄는 중이었다. 나는 그를 간절히 응원하면서도 그가 이 법안으로 영향받는 사람들이 아니라 규정에만 집중하고 있는 게 답답했다. 그는 중단 시술을 받지 못했다면 시린의 인생이 어떻게 달라졌을지 이야기하지 않았다. 그랬다면 시린은 지금쯤 죽은 전 남자친구의 아이를 억지로 낳아 홀로 책임져야 했을 것이다. 피임약이 듣지 않은 하룻밤 때문에 몸과 삶이 돌이킬 수 없이 변했을 거다. 선택의 여지가 없어서 학업을 비롯해 인생에서 많은 것을 포기해야 했을 거다.

그 모든 게 중요한데 커크 왓슨이 말하고 있는 건 그런 게 아니었다. 그가 큰 책을 펼쳐 들고 말했다.

"상원의 표결 없이 필리버스터를 종료하는 것은 옳지 않다고 생각합니다. 오늘 우리는 그 사실을 몇 차례나 통보받고 약속받았습니다. 그리고 규칙에 따르면 필리버스터를 종료하기 위해서는 토론이 주제를 벗어났다는 세 번의 판결이 있어야 하는데, 이는 오늘 우리가 겪은 바와는 다릅니다."

그는 계속해서 말을 이어 갔고, 나는 그가 소진하는 1초, 1초가 고맙지만 이제 그것만으로는 충분하지 않다는 걸 깨달았다.

의자에 축 늘어져 있던 시린이 자세를 고쳤다. 핸드폰을 보니 11시 36분이었다. 앞으로 24분 남았는데 우리에게 승산은 없었다. 이건 조작된 승부고 패를 지닌 사람 대부분은 원치 않은 임신으로 여생을 걱정할 필요가 없는 남자들이었기 때문이다. 나는 시린에게 비관적인 생각을 전하고 싶지 않아서 애써 표정을 관리했지만, 시린도 이미 같은 생각을 하고 있을 게 뻔했다.

"끝까지 못 갈 거야."

시린이 속삭이듯 말했다. 두 눈에 눈물이 그렁그렁했다. 그때 에스테스 상원의원이 자리에서 일어났다.

"에스테스 의원님, 무슨 목적으로 일어나셨습니까?"

덩컨이 말했다.

"해당 토론을 종료하고 표결을 진행할 것을 제안합니다."

우리가 두려워하던 패배의 순간이 다가온 듯했다. 덩컨이 찬성자 다섯 명이 있느냐고 묻자 에스테스는 동료 의원 다섯 명을 거명했다. 당황스러워 시린에게 물었다.

"무슨 상황이야?"

내 뒤에서 조시가 속삭이듯 대답했다.

"왓슨의 항소에 대한 토론을 종료하자는 거야. 종료되면 필리버스터 종결 여부와 법안 통과 여부를 잇따라 표결하겠지."

"얼마나 걸릴까요?"

시린이 나보다 불안한 목소리로 묻자 조시가 체념한 듯 고개를 절레절레 흔들었다.

"몇 분밖에 안 걸릴 거야."

하지만 표결을 시작하기 전에 커크 왓슨이 다시 끼어들었다.

"의장님, 의회 질의입니다."

그는 원래의 요점, 즉 아까 자신이 말할 때 발언권을 넘기지 않았다는 점으로 돌아갔지만, 모든 규칙과 마찬가지로 아무도 신경 쓰지 않았다. 덩컨은 상원 서기에게 호명 투표를 시작하도록 지시했다. 그때 웨스트 의원, 그러니까 아까 '귀하의 결정에 항소할 수 있습니까?'라고 물었던 흑인 남자가 또 다른 의회 질의를 제기했다.

"규칙 6조 3항에 따르면 모든 동의안은 의장 또는 출석한 상원의원이 원할 경우 서면으로 작성하여 서기가 낭독해야 합니다. 동의안을 서면으로 작성하여 서기가 낭독해 주기를 요청합니다."

웨스트의 말에 덩컨은 한숨을 쉬었다. 당장이라도 텍사스 주 상원 의장석을 떠나고 싶은 눈치였다.

"에스테스 의원님, 웨스트 의원님의 요청을 들으셨지요? 동의안을 서면으로 작성해 주시겠습니까?"

웨스트는 "최대한 큰 글씨로 작성해 주셔야 합니다"라고 덧붙였다.

현재 시각은 11시 38분이고, 민주당은 공화당 의원들에게 큰 글씨로 동의안을 작성하게 하는 등 앞으로 22분 동안 시간을 끌려고 최선을 다하고 있었다. 하지만 조시의 말대로 법안 통과에 2분밖에 안 걸린다면 우리 팀에겐 20분이나 시간을 끌 만한 묘안이 남아 있지 않을 것 같았다. 지금 이 상황이 풋볼 경기라면 우리 팀은 2점 차로 뒤지고 있고, 심판은 뇌물을 받았고, 경기 막판이고, 우리 공격수들은 여섯 번 연속으로 부정 출발 반칙을 받은 상태에서 80야드 필드 골을 시도하고 있는 것이었다. 시린은 동아줄이라도 찾는 표정으로 다시 트위터를 들여다보고 있었다. 내가 진심을 담아 물었다.

"괜찮아?"

"미쳐 버릴 것 같아."

늘 당차고 침착한 시린이 그런 말을 하는 게 낯설었다. 전에도 이렇게 무력한 감정을 느껴 봤을까? 하긴, 당연히 느껴 봤겠지. 시린도 나와 마찬가지로 제시에게 일어난 일을 지켜봤으니까.

커크 왓슨이 또 다른 질의를 제기했다. 그가 천천히 말을 뱉는 동안 나는 다시 제시를 생각했다. 제시가 마약에 빠졌을 때 내가 느낀 외로움이나 제시와 시린의 관계를 떠올린 게 아니라 그저 제시를 떠올렸다. 벽돌과 페인트로 얼룩진 밤 이후 나는 제시에게 한 번도 연락하지 않았다. 나는 수많은 악감정을 삭이느라 바빴고, 제시는 나에게 깊은 배신감을 느꼈을 거다. 몇 주 뒤 바비와 함께 돌아올 수 없는 강을 건너는 순간에도 제시는 여전히 날 증오했거나 내가 자신을 증오한다고 믿었을 거다. 내 절친이 그런 마음을 지닌 채로 죽었다는 것은 내가 아직도 감당하기 힘든 사실이었다.

지금 시린도 자신이 손쓸 수 없는 이 모든 일에 대해 나름의 감정을 느낄 터였다. 그리고 덩컨이 커크 왓슨의 질의와 레티시아 반 데 푸테의 발언권 요청을 무시하고 투표를 강행하는 모습을 보면서 나 또한 무력감에 목구멍이 틀어막힌 기분이었다. 반 데 푸테는 마이크가 작동하지 않아서 뭐라고 말하는지 이쪽까지 들리지도 않았다.

"호명 표결을 진행하겠습니다."

덩컨이 말했다. 서기가 이름을 한 명 한 명 부르며 찬반 여부를 물었다.

"망했다."

"아무도 우리 말을 안 들어."

내 말에 시린이 속삭였다.

레티시아 반 데 푸테가 발언권을 얻으려고 계속 서 있으니 덩컨은 짜증스러운 표정으로 "우리는 지금 표결 중입니다. 서기는 호명을 계속하세요"라고 말했다.

표결이 완료되고 예상대로 커크 왓슨이 패배하자 드디어 덩컨은 반 데 푸테에게 무슨 목적이냐고 물었다.

"의회 질의입니다."

반 데 푸테가 매우 침울한 표정으로 말했다. 반 데 푸테가 뻔히 무시당하는 걸 보고 내 주변 사람들 안의 무언가가 깨어난 듯했다. 절망에 빠져 있던 좌중이 다시 들썩이기 시작했다. 우리 팀이 모든 절차와 규정을 완벽하게 준수하더라도 상대 팀이 다시 자기들 유리한 대로 변경할 수 있다는 걸 동시에 깨달은 것 같았다. 바로 그것이 반 데 푸테가 덩컨에게 따지는 바였다. 반 데 푸테는 덩컨에게 규정을 내팽개치고 멋대로 행동하고 있다며 비난했고 덩컨은 "발의하시겠습니까?" 하고 받아쳤다.

"의회 질의입니다. 왜 제가 발언권을 얻지 못했나요?"

덩컨은 아무도 반 데 푸테의 말을 듣지 못해서 그랬다고 답했다. 얼토당토않았다. 자기가 계속 투표 중이라며 반 데 푸테의 말을 가로막았으니까. 그때 방청석에서 누군가가 "개소리!" 하고 외쳤다. 이제 나는 잡혀갈까 봐 걱정되지 않았다. 그저 내가 먼저 외치지 못해 아쉽기만 했다.

덩컨은 반 데 푸테에게 마지막 표결 전에 하고 싶었던 발의 기회를 주었지만 반 데 푸테는 지금 자신은 발의를 하고 싶지 않으며, 규정에 따르면 아까 자신이 일어섰을 때 발의할 수 있었어야 한다고 지적했다.

시린은 악을 쓰지 않으려고 이를 악물고 말했다.

"이 인간들, 이 남자들은 여자가 말하는 것조차 허락하지 않아. 우리 말이 들리지도 않는 척하면서 우리 권리를 빼앗아 갈 작정이야."

시린은 지금 울며불며 싸우고 싶어 안달이 나 있지만 나처럼 힘이 없었다. 우리 모두, 심지어는 어느 정도 권한이 있는 상원의원들도 마찬가지였다.

"자, 이제. 캠벨 의원이 제기한 규칙 위반 지적에 대한 가부를 표결하겠습니다."

덩컨이 말했다. 다시 말해, 그들은 '임신 중단 관련 토론에서 임신 중단 관련 발언(초음파 검사)이 주제에서 벗어났다'고 우길 셈이었다.

"서기가 호명하겠습니다."

예상했던 최악의 결말이었다. 사기극이 따로 없었다. 철저히 속은 기분이었다. 여기 있는 거의 모든 사람도 같은 기분일 거였다. 시린과 데비를 비롯해 수많은 사람이 처음부터 조작된 게임을 보느라 꼬박 하루, 아니 그 이상을 허비했다. 장내에는 여전히 거친 에너지가 감돌았지만 우리 모두 그 에너지를 어디에 쏟아야 할지 몰라 그저 붙잡고 있을 뿐이었다.

호명 표결은 모두의 예상대로 진행됐다. 덩컨은 한 남자 의원에게 동의안에 찬성하는 의원이 다섯 명 더 있는지 묻고, 그 의원은 동료 다섯을 거명했다. 레티시아 반 데 푸테와 커크 왓슨이 다시 자리에서 일어나자 덩컨은 왓슨에게 목적을 물었다. 핸드폰을 보니 11시 45분이었다. 커크 왓슨처럼 말하는 걸 좋아하는 사람도 의회 질의를 15분 더 할 수 있을 것 같지는 않았다. 한편 덩컨은 레티시아 반 데 푸테에게 말도 걸지 않았다.

왓슨은 필리버스터가 공식적으로 끝났는지 여부를 결정하기 위해 표결을 해야 하는지 물었고, 덩컨은 듀허스트가 이미 토론 종결을 선언했다고 일축했다. 그 와중에 반 데 푸테가 계속 서 있자 마지 못해 덩컨이 반 데 푸테에게 목적을 물었다.

"의회 질의입니다, 의장님."

가능한 한 느릿느릿 말하며, 반 데 푸테는 덩컨에게 가결표를 던진 의원이 재의 요구를 할 수 있는지와 그러면 그 재의 요구가 우선하는지 물었다. 나로선 알아듣기 어려운 내용이었지만, 아까 발언하려 했을 때 무시당한 것과 너무 늦었다며 발언을 거절당한 것에 대한 불만이 남아 있는 듯했다.

"현재 다른 안건을 논의 중입니다. 따라서 이미 의결된 안건을 재고하는 것은 적절하지 않습니다."

12시간 동안 의회 언어를 귀동냥하다 보니 방금 덩컨의 말은 '방심하면 지는 겁니다'라고 들렸다.

하지만 반 데 푸테는 '방심'한 적이 없었다. 덩컨이 반 데 푸테를 쭉 무시했던 거지. 그리고 이제 우리 편은 자정까지 남은 13분 동안 의회 질의를 이어 갈 가망이 없었다.

시린은 이제 울음을 주체하지 못했다. 눈이 마주치자 날 끌어안고 내 가슴팍에 얼굴을 파묻었다. 나는 마주 안아 줄 뿐 달리 할 수 있는 일이 없었다. 이 무력감이 지긋지긋했다. 경찰에게 연행되는 한이 있더라도 아까 그 남자보다 더 크게 '개소리!'라고 외치고 싶었다. 시린을 유도 미사일처럼 덩컨의 머리에 직접 날려 버리고 싶었다. 방청석에는 비슷한 기운이 고

동쳐 흘렀다. 어떻게 우리가 이렇게 무력할 수 있을까?

"의장님, 의회 질의입니다."

회의장의 레티시아 반 데 푸테도 같은 심정인 듯했다. 목소리에 지친 기색이 역력했다.

"말씀하십시오."

덩컨의 목소리에도 피로가 뚝뚝 묻어났다.

"여성 상원의원은……."

반 데 푸테의 목소리에 갑자기 노기가 실렸다.

"대체 언제 손을 들거나 목소리를 높여야 발언권을 얻을 수 있습니까?"

우리가 폭발한 건 그때였다.

시린이 자리에서 벌떡 일어나고 곧바로 나, 이안, 브랜틀리, 조시, 졸린, 그리고 방청석의 모든 주황 티가 일어나 손뼉 치며 환호성을 질렀다. 마침내 우리 모두의 심정이 말로 표현되었기 때문이다. 아무것도 바뀌지 않을지라도 그 한마디를 '듣는' 것만으로 큰 의미가 있었다.

박수와 함성이 장내를 뜨겁게 달구는 동안 뜻밖의 일이 벌어졌다. 덩컨이 뭐라고 말했지만 전혀 들리지 않았다. 표결을 위해 상원의원을 한 명 한 명 호명하던 서기도 목소리가 완전히 묻혀서 중도에 포기했다.

덩컨이 의사봉을 두드리며 "질서, 질서를 지키세요" 외치는 게 보였지만, 난 계속 손뼉 치고 소리쳤다. 우리 모두 그랬다. 그건 내 인생에서 가장 의미 있는 참여였다. 곧 내 귀에 들리는 건 나와 시린, 방청객 수백 명의 목소리뿐이었다. 우리 모두 목청껏 울부짖고 있었다.

내 목소리는 30초 만에 갈라지기 시작했다. 핸드폰을 확인하니 11시 48분, 앞으로 12분은 모두 함께 이 상태를 유지해야 한다는 뜻이었다. 옆을 보니 시린은 이제 기쁨의 눈물을 뚝뚝 흘리고 있었다. 핸드폰을 주머니에 넣고 내 얼굴을 더듬자 축축했다. 나는 목소리를 더 높였다.

시린을 위해 환호했다. 이 전도유망하고 똑똑하고 꿋꿋한 여자애는 빼앗긴 목소리를 방금 되찾았다. 만약 이 법안이 몇 달 전에 통과됐다면 시린은 자신이 원하는 것과 전혀 다른 삶을 살아야 했을 것이다. 나는 시린의 목소리에 힘을 싣고자, 동참하고자 최대한 크게 소리 질렀다.

하지만 나는 단지 시린을 위해서만 소리 지르는 게 아니었다. 웬디 데이비스는 필리버스터를 선언한 지 12시간 30분이 지난 지금도 여전히 제자리에 서 있었다. 그는 방청석의 소란을 바라보며 우리에게 브이 사인을 보냈다. 평화의 브이인지 승리의 브이인지는 모르겠지만, 나는 그를 위해 환호했다. 오늘 하루는 웬디 데이비스가 일어나서 시린을 비롯해 목소리를 빼앗긴 모든 사람을 대변하면서 시작했다. 이제 우리가 그 호의를 갚기 위해 일어났다. 나는 그토록 오랜 시간 불편과 고통을 무릅쓰고 말하다가 입이 틀어막힌 그를 위해 소리 질렀다.

나는 또한 제시를 위해 소리 질렀다. 엉망이 되는 감각에 푹 빠진 나머지 어느 날 밤 헤로인이라고 생각한 약을 투여하고 죽어 버린 내 가엾은 친구를 위해 울부짖었다. 나는 '미안해', '정신 차려', '제발 이러지 마' 등 몇 달 동안 하고 싶었던 말들을 하지 못했다. 그때는 용기를 못 냈고 이제는 할 기회가 없다. 제시가 살아만 있다면, 당장 내일 오후 4시쯤 모두가 떠난 차고 건물에 가서 제시의 얼굴에 대고 '넌 이거보다 나은 놈이야' 하며 내 말을 믿을 때까지 떠나지 않을 텐데. 하지만 그럴 수 없기에, 나는 거칠고 사납게 소리 질렀다. 내 감정을 발산할 방법은 이 고함뿐이고, 목소리를 내는 것만으로도 만족스러웠다. 어쩌면 그때는 무슨 말을 해도 제시를 돌이킬 수 없었을지도 모른다. 지금은 어떤 말도 필요하지 않았다. 내가 해야 할 일은 계속 목소리를 내는 것뿐이었다.

그래서 계속 소리 질렀다. 조용한 건 피린 팀뿐이었다. 시끄럽게 구는 건 미안했지만 나는 캐시를 위해 멈출 생각이 없었다. 오히려 나는 캐시에게 '고마워서' 소리 질렀다. 물론 캐시는 이 상황이 언짢겠지만, 애초에 내가 이 자리에 있는 건 캐시가 날 좋은 녀석이라 믿고 불렀기 때문이었다. 그리고 이제는 나 스스로 정말 그렇게 느끼고 있다. 캐시에게 실망감이나 배신감을 안기려는 게 아니라, 캐시가 날 믿지 않았다면 이런 힘을 낼 수 없었기에, 나도 그 소신과 열정을 본받고 싶어서 고함을 질렀다. 두 손으로 귀를 막는 캐시의 모습이 보였지만 어쨌거나 소리 질렀다.

시린, 웬디 데이비스, 제시, 캐시를 위해 소리 지르고도 시간이 많이 남아서 나는 제이컵 콜러와 토미 리치먼을 대신해 목청을 돋웠다. 놈들을 또 만나면 벽돌이든 주먹이든 날아오겠지만 더는 두렵지 않았다. 나 자신이 부끄럽지도, 다음에 마주치면 무슨 일을 당할까 봐 겁나지도 않았다. 그 질 나쁜 놈들은 이 일에 목소리를 보태지 않을 테니 나는 놈들 몫까지 더 크게 소리를 질렀다.

그리고 나를 위해 소리 질렀다.

지금까지의 한심했던 나를 위해, 앞으로의 나를 위해 부르짖었다. 나는 이제 목소리를 내는 사람이 되고 싶었다. 제시가 자기 인생을 망치기 시작할 때 말릴 수 있는 사람, 제이컵과 토미에게 엿 먹으라고 말할 수 있는 사람, 비록 같은 편이 아니더라도 캐시 라미레즈에게 좋은 녀석이라고 인정받을 수 있는 사람, 시린의 곁에 서서 이 일에 함께할 자격이 있는 사람이 되고 싶었다. 아까 모나한 씨의 표현을 빌리자면 세상에는 두 종류의 사람이 있다. 소리를 질러야 할 때 기꺼이 지르는 사람과 그렇지 않은 사람. 나는 전자가 되고 싶고, '되어야만' 했다. 내가 아는 모든 훌륭한 사람들, 시린과 캐시, 데비와 모나한 씨는 모두 그런 사람이었고, 그렇지 않은 사람들과 어울릴 때 어떻게 되는지 절감했다. 소리 지르는 사람이 아닐 때 나는 친구가 구급차에 실려 죽어 가는 것을 바라만 보는 사람, 거부할 용기가 없어 불량배들을 위해 도주 차량을 운전하는 사람이었다. 그래서 나는 소리를 지르고, 지르고, 또 질렀다. 내 목소리는 수백 명의 좌절, 믿음, 희망, 두려움, 사랑을 담은 거대한 포효의 일부가 되었다. 나와 닮은 듯 전혀 닮지 않은 사람들을 둘러보며, 나는 태어나 처음으로 내 목소리에 영향력을 실었다.

## 오후
# 11시 55분

하지만 아직 멀었다. 목도 아팠고, 손뼉을 치느라 손도 얼얼했고, 팔도 저렸다. 우리 모두 장내의 활기로 버텼다. 서로 기운을 돋우고 지탱하며 계속 밀어붙였다. 상원 회의장에서 우리 편 의원들은 모두 감격한 표정으로 우릴 올려다봤다. 대부분 손을 들어 브이 사인을 보내고, 커크 왓슨은 자신의 핸드폰 카메라로 우리를 찍었다.

형태 없던 함성이 누군가의 주도로 "발언시켜!"라는 구호로 바뀌자 우리도 바로 동참했다. 리듬이 생기니 쾌감이 솟았다. 건물 전체가 흔들리는 것 같았다. 의사당 건물이 석회암으로 지어졌다는 건 알지만, 그래도 지하 2층까지 우리 소리가 들릴 것 같았다.

소리를 내는 건 우리만이 아니었다. 구호를 외치기 시작하니 방청석 바깥에서도 광란의 함성이 들려왔다. 회의장에서는 웬디 데이비스를 비롯한 몇몇 상원의원이 우리와 함께 리듬을 타며 손뼉을 쳤다. '이것'이야말로 정치, 아니 적어도 민주주의라는 생각이 들었다. 물론 모든 법과 정책이 시민의 함성으로 좌지우지되는 건 옳지 않지만, 지금은 그게 더없이 바람직한 일처럼 느껴졌다. 지금 우리는 억지로 빼앗긴 웬디 데이비스의 목소리를 대신해 그가 이 자리에 선 목적을 달성하고 있었다.

구호가 "웬디! 웬디! 웬디!"로 바뀌었다. 나도 동참했다. 시린이 내 팔을 잡고 벽에 걸린 큰 시계를 가리켰다. 11시 58분이었다. 우리의 기세는 꺾일 줄 몰랐다. 맞은편 방청석에서 경찰관 몇 명이 통로를 따라 내려왔다. 총 네 명으로 보였다. 한 젊은 여자를 시작으로, 방청객이 한 명씩 출구로 연행됐다. 긴장되지만 나는 구호를 멈추지 않았다. 이제 2분밖에 남지 않았고, 오늘 밤 내가 주 입법 기관에서 소란을 피워서 체포되었다는 사실을 엄마에게 알려야 한다면 적어도 이번에는 신념에 따른 행동이었으니 떳떳했다.

어쨌거나 한 번에 네 명씩 연행하는 속도로는 우리 모두의 입을 다물게 할 수 없었다. 그래서 우리는 계속 구호를 외쳤다. 시린과 나는 손을 맞잡고 시계를 응시했다. 초가 분이 되고, 분이 시가 되어 마침내 자정을 넘겼다. 회의장을 내려다보자 웬디 데이비스가 시계를 가리켰다. 12시 1분. 나는 핸드폰을 꺼내 시간을 재확인했다.

응원의 열기가 최고조에 달한 이때, 회의장에서 이상한 일이 벌어졌다. 덩컨이 표결을 시작한 것이었다. 자정이 지났으니 이제 6월 26일이었고, 이는 특별 입법 회기가 확실히 끝났음을 의미했다. 장내의 함성은 이제 또 다른 구호로 바뀌었다. "부끄러운 줄 알아라! 부끄러운 줄 알아라!" 나도 목청껏 동참했다.

나는 뒤돌아서 조시를 불렀다. 변호사인 그는 내 주변의 누구보다 상황을 잘 아는 듯했다. 그가 내 쪽으로 고개를 숙이자 나는 그의 귓가에 대고 외쳤다.

"저래도 돼요?"

그가 손으로 입 주위를 가리고 내 귀에 외쳤다.

"방금 14만 명이 시계를 봤어! 끝났어!"

이에 화답이라도 하듯 웨스드 상원의원이 자기 손목시계를 가리키며 외쳤다.

"자정이 지났습니다! 자정 이후 투표는 무효입니다! 회기 마감입니다!"

수많은 접전 끝에 우리가 정녕 승리했다는 사실이 믿기지 않았다. 어쨌거나 폐회 분위기가 뚜렷해지자 방청석에서 사람들이 하나둘씩 빠져나가기 시작했고, 시린과 나도 그들과 합류했다.

의사당 건물은 사람들로 넘쳐났다. 다들 나처럼 지쳐 보였다. 시린과 나는 혼란과 불안으로 웅성거리는 주황 옷들을 스쳐 지나갔다. 정확한 결과를 아는 사람은 없어 보였다. 어수선한 분위기 때문에 점점 더 녹초가 되는 기분이었다.

"아래층에라도 좀 내려가면 안 될까? 못 견디겠어."

시린이 쉰 목소리로 말했다. 나는 고개를 끄덕였다. 우리는 혼잡한 계단을 뚫고 아래층으로, 또 아래층으로, 또 아래층으로 내려갔다. 마침내 우리는 다시 지하로 돌아왔다.

확실히 로턴더보다는 덜 붐볐다. 위층은 인파를 뚫고 지나가기도 힘들었다면 여기는 사람들이 띄엄띄엄 돌아다녀서 옆 사람과 대화를 나눌 수는 있었다.

"미쳤다, 진짜."

시린의 말에 나는 고개를 끄덕였다.

"위에서는 어떻게 된 거야? 이다음엔 어떻게 되는 거고?"

"누가 알겠어? 어쨌든…… 미친 하루였어. 온종일. 오늘 아침까지만 해도 넌 내가 가장 보고 싶지 않은 사람이었는데."

나는 고개를 끄덕였다.

"동감이야."

시린이 두 손을 내둘렀다.

"오랫동안 화가 나 있었어. 너한테. 나한테. 제시한테. 모두한테. 너만 친구를 전부 잃은 건 아니야. 그 일이 있고 나서 나도 모두랑 연 끊었어. 홀리랑도. 여기 혼자 온 것도 어차피 누구랑도 어울리기 싫어서였어. 그런데 널 볼 줄은 몰랐지."

"1년 전에 이런 일이 있었으면 우리 다 함께 왔을지 모른다고 생각했어. 너, 나, 제시, 바비, 홀리…….

시린은 어깨를 으쓱했다.

"1년 전에는 모든 게 달랐지. 난 진짜 많이 변한 것 같아. 너도 그렇고. 너 가끔 나한테 진짜 재수 없게 군 거 알아? 벽돌 테러 전부터 말이야."

화를 내기보다는 놀리는 투였다.

"알아."

나는 시린과 발코니에 서 있던 때를 떠올렸다. 그때 나는 나에게 잘해 주는 시린을 원망했다. 내 처량한 신세를 시린의 탓으로 돌리고 싶었기 때문이다.

"나는 1년 전의 내가 아니야. 그때의 내가 싫진 않지만, 후회되는 게 너무 많아. 이제 그때의 나를 떠올리기도 싫고, 후회가 내 정체성이 되도록 내버려두기도 싫어."

시린이 말했다.

"그래. 알 것 같아. 나도 예전의 나로 사는 데 지쳤거든."

"그래서, 지금의 넌 어떤 사람이야?"

나는 주위를 둘러봤다. 텍사스 주 의사당 건물 지하 2층 002호실을 나서는 주황 옷들, 시린이 직접 리폼한 '와서 가져가' 티셔츠, '텍사스 여성의 편'이라고 적힌 내 주황 티를 보며 우리가 어쩌다 여기까지 왔는지 생각해 봤다.

"자기가 믿는 바를 지지하는 법을 알아낸 사람. 좀 더 일찍 알아냈다면 좋았을 텐데. 제시가 그렇게 가 버리기 전에."

시린은 제 가슴을 달래듯 두드리며 고개를 끄덕였다.

"그리고 우리가 한 팀으로 무엇을 할 수 있는지 알았더라면 좋았을 거야."

내가 덧붙였다.

"하지만 지금이라도 깨달아서 다행이라고 생각해."

# 오전 2시 14분

이제 우리가 할 수 있는 일은 없었지만, 법안이 어떻게 됐는지 확실히 알기 전에는 떠날 수 없었다. 표결이 자정을 넘겼고 그걸 전 세계가 지켜봤다 하더라도 표결을 강행한 이들이 어떻게 나올지는 미지수였다. 그래서 시린과 나는 남은 음식을 찾아 허기를 달래고, 빈 상자들을 내다 버리고, 콘센트를 찾아 핸드폰을 충전하고, 답을 줄 만한 어른들을 찾아 이리저리 돌아다녔다.

"집까지 태워다 줄까?"

시린의 물음에 나는 고개를 저었다.

"이대로 가면 잠도 안 올 거야. 자전거라도 타야 기운이 바닥날 거 같아."

우리는 위층으로 올라갔다. 필리버스터가 절정에 이르렀을 때보다는 덜하지만 여전히 곳곳에 주황 무리가 있었다. 1층에 이르러 보니 로턴더에 수백 명이 모여 있었다. 다들 지쳐 쓰러질 듯한 얼굴이었다.

로턴더 한복판에서 한 금발 여성, 가족계획연맹 회장이라는 사람이 마이크를 들고 핸드폰 화면을 읽기 시작했다.

"웬디 데이비스 상원의원의 전언입니다."

그 말에 모두의 귀가 번쩍 뜨였다.

"사랑합니다, 여러분."

큰 환호성이 터져 나왔다. 아직 목이 덜 쉰 사람들이 "우리도 사랑해요!" 하고 화답했다. 금발 여성은 이어서 메시지를 읽었다.

"듀허스트 부지사가 법안은 통과되지 않았다고 발표했습니다."

그제야 나도 목소리를 되찾아 환호성에 동참했다.

"그럴 줄 알았어! 우리가 이길 줄 알았어!"

시린이 외쳤다. 뭐라고 대꾸하기도 전에 데비가 눈에 들어왔다. 데비는 기진맥진한 모나한 씨를 부축하며 지나가다 우리를 봤다.

"어머! 너희 아직도 여기 있었구나!"

관중은 기쁜 낯으로 흩어지기 시작했다. 홈팀이 대승을 거둔 풋볼 경기장에서 볼 수 있는 분위기였다. 시린과 나도 데비와 모나한 씨를 따라 문으로 향했다. 그렇게 우리 넷은 함께 의사당 건물을 나섰다. 텍사스의 6월은 자정 후에도 덥고 눅눅했지만 어쨌거나 바깥 공기는 신선했다. 나는 잠시 일행을 떠나 자전거를 가지고 돌아와 다시 그들과 함께 걸었다. 그러다 기분이 좋아서 누구에게랄 것 없이 말했다.

"우리가 해냈네요. 그렇죠?"

"그래. 어쨌거나 일단은. 듀허스트가 법안 부결을 발표하면서 뭐라고 했다는지 들었니? '즐거웠습니다. 곧 또 봅시다.'"

데비의 말에 나는 혼란스러운 표정으로 시린을 바라봤다.

"그게 무슨 뜻이죠?"

데비는 고개를 절레절레 흔들었다.

"다시 특별 회기를 소집해서 법안을 밀어붙일 가능성이 크다는 뜻이지."

"아니…… 그렇게도 할 수 있어요?"

"처음부터 예상한 일이다. 오늘은 우리가 이겼지. 흔한 일은 아니야. 승리했을 때 즐기렴, 얘야. 너희는 갈 길이 머니까."

나는 모나한 씨의 말을 이해하려고 애썼다.

"그러니까 우리가 이기긴 했는데, 어차피 질 거라는 말이에요? 그럼 이 모든 게 다 시간 낭비 아니에요?"

"우리는 전투 하나를 이긴 거야. 전쟁은 장기전이지. 이 전쟁은 빌어먹을 만큼 오래됐어. 가끔은 지고 가끔은 이기겠지만 중요한 건 계속 싸우는 거야."

모나한 씨가 말했다.

"앞으로 계속이요?"

시린이 앞으로의 인생 계획에 '계속 싸우기'를 포함해야 하는지 확인하듯 물었다.

데비는 고개를 끄덕이며 모나한 씨의 허리에 팔을 둘렀다.

"고난은 인생의 모퉁이마다 숨어 있어. 그게 뭐든 불시에 닥치기 마련이지. 하지만 우린 함께 싸워 줄 사람들을 찾을 수 있어. 올바른 사람들과 함께라면 못할 일이 뭐가 있겠니. 오늘만 해도 우리는 열 번쯤 좌절했지만 결국 이겼지. 다음번엔 질 수도 있지만 끝에 가서는 이길 거야. 난 오늘 집단의 힘을 과소평가하면 안 된다는 걸 확실히 배웠다."

올바른 사람들과 함께라면 뭐든 할 수 있다는 건 내가 늘 믿고 싶던 바였다. 문제는 그런 사람이 누구인지 가려내는 법을 몰랐다는 것이다. 오늘 나는 시린을 재발견했고 시린에게도 내가 그런 친구가 되었으면 했다. 어쩌면 언젠가 캐시에게도.

오늘은 여기까지 알아낸 것으로 충분했다. 나는 자전거에 올라 작별 인사를 하고 페달을 밟기 시작했다. 집으로 향하기 전, 여름밤 공기를 가르며 의사당 경내를 한 바퀴 돌았다. 그리고 한 번 더 목청껏 소리를 내질렀다. 누가 듣든 간에 알리고 싶었다. 우리가 여기 있었고, 서로를 찾았고, 다시 돌아올 것이며, 결코 목소리를 내어주지 않으리라고.

## 작가의 말

저는 2013년 여름을 텍사스 주의회 의사당에서 보냈습니다. 《오스틴 크로니클》에 기고할 임신 중단권 투쟁을 취재하기 위해서였습니다. 이 책에 묘사된 장면은 대부분 제가 직접 목격한 것입니다. 엘리베이터에서 파란 옷과 주황 옷이 서로 피하는 모습, 로텐더의 여러 층에 걸쳐 길게 늘어선 줄, 지하에 끝없이 쌓인 피자 상자, 대의를 위해 싸우고자 두 차례의 특별 회기 내내 의사당에 모인 사람들의 열정과 신념.

미국 연방대법원이 '로 대 웨이드' 판결을 폐기하기 전에도 임신 중단권을 둘러싼 싸움은 불균형이 심했습니다. 저는 주황 옷을 입은 임신 중단권 지지자들이 파란 옷을 입은 임신 중단권 반대자들보다 압도적으로 많은 것을 보았습니다. 저는 입법자들이 의사봉을 휘두르며 증언하러 온 수백 명을 침묵시키고 지극히 개인적인 각각의 사연이 '반복적'이라고 일축하는 것을 보았습니다. 정치인들이 임신 중단 접근성을 저해할 의도가 전혀 없다고 잡아떼고 '의료 안전성 향상' 외에 다른 의도가 있다는 지적에 놀란 척하는 것을 보았습니다. 그들이 텍사스 상원의 규칙을 무시하고 자정을 불과 몇 분 앞둔 채 표결을 강행하는 것을 보았고, 며칠 전 목소리를 빼앗긴 사람들이 바로 그 목소리로 소중한 몇 분을 벌어 법안을 무산시키고 자신의 권리를 잠시나마 되찾는 모습을 보았습니다.

이 책을 끝까지 읽었다면 아시겠지만 저는 임신 중단권이 우리 모두의 주체성, 자유, 존엄성에 필수라고 믿습니다. 제가 알기로 임신 중단 제한법을 주도하는 정치인들은 대개 정치적 편의에 따라 행동합니다(사석에서 그들은 딱히 관심 없는 사안에 시간을 낭비한다고 불평하죠). 그러나 파란 옷을 입고 의사당에 온 사람들, 그중 특히 젊은이들은 주황 옷을 입은 반대 측만큼이나 꿋꿋한 신념에 따라 행동하는 사람들이었습니다. 이 책을 쓰면서 저는 반대 측의 신념을 인정한다고 해서 내 신념이 약해지지는 않는다는 점을 강조하고 싶었습니다. 오히려 나와 의견이 다른 사람들도 똑같이 열정적이고 굳건하다고 인정할 때 자신의 신념과 가치를 점검하고 강화할 수 있습니다.

'로 대 웨이드' 판결이 폐기된 2022년 여름 이후, 정치인들은 임신 중단 제한법을 통과시킬 때 더 이상 허울 좋은 명분을 내세울 필요가 없게 되었습니다. 따라서 제가 이 글을 쓰는 현재 미국 대부분 주(특히 텍사스)의 법은 2013년 웬디 데이비스가 분홍색 운동화를 신고 필리버스터에 나섰을 때보다 훨씬 더 제한적이고 차별적인 내용을 담고 있습니다.• 임신 중단권을 위해 앞으로도 길고 험난한 싸움이 이어질 가능성이 크다는 뜻입니다. 제가 이 책을 통해 독자 여러분이 얻길 바라는 것이 있다면, 이 싸움이 분

• 2022년 6월 미국 연방대법원이 1973년 '로 대 웨이드' 판결(임신 중단권을 헌법으로 보장한 판례)을 49년 만에 뒤집었다. 그러면서 텍사스 주를 비롯해 백인 기독교인들이 주류이고 보수 공화당 지지세가 강한 주에서 임신 중단을 사실상 금지하거나 규제를 강화하는 법이 속속 제정됐다. 이를 두고 미국에서는 여성 인권, 나아가 사회적 약자의 권리가 심각하게 후퇴했다는 평가가 쏟아졌다. 한편 우리나라는 2019년 '낙태죄'를 폐지한 뒤 2024년 현재까지 관련 법안이 마련되지 않아 임신 중단이 불법도 아니고 합법도 아닌 상태다. 병원마다 임신 중단 시술 여부와 기준이 다르고 임신 중단약이 불법으로 유통되고 있어 여성들이 무법지대에 놓여 있다는 비판이 이어지고 있다.

하고 억울하면서도 기쁘고 고무적일 수 있다는 것, 그리고 가끔은 여러분의 목소리가 여러분의 권리를 빼앗으려는 제도의 근간을 흔들 수 있다는 것입니다. 이 또한 변치 않을 진실입니다.

## 감사의 말

2013년 여름에 텍사스 주의회 의사당에서 만난 모든 분께 감사드립니다. 그때 그곳에서 제가 아는 텍사스 주민을 다 만난 것 같습니다. 제시카 루서, 린지 아이트, 안드레아 그라임스, 캐럴린 존스, 제니 칼슨, 데빈 퍼슨, 캐서린 밀러, 블레이크 로캡, 댄 본은 그 기간을 생각하면 저절로 떠오르는 분들입니다.

이 이야기는 텍사스 주 정부 정책에 관한 이야기지만 고등학교 시절을 다룬 이야기이기도 합니다. 그 시절을 견딜 만하게 해 준 제이슨 심프슨, 짐 라츠코프스키, 존 베치, M. S. 패터슨, 제프 윈스턴, 브라이언 자보로브스키, 레이철 슬래거, 네이트 보하난, 리즈 보하난 매슈스, 아트 메이스, 셰리 페르베이에게 감사의 마음을 전합니다.

든든한 응원과 통찰력을 제공해 준 글쓰기 모임의 에이미 젠트리, 린덴 켈더, 빅토리아 로시, 폴 스틴슨, 얼리사 재커리, 출판 과정에서 조언과 격려를 아끼지 않은 페르난도 플로레스, 켈시 맥키니, 매트 맥고완, 나디아 차우두리, 로닌 드프랭, 고맙습니다. 2013년 여름 주의회 의사당에서 벌어지는 일을 취재할 기회를 준《오스틴 크로니클》, 특히 킴 존스에게 감사드립니다. 도브스 대 잭슨 여성 건강 기구 사건[•]의 연방 대법원 판결에 이르기까지 진행 과정을 따라갈 수 있게 해 준 안드레아 발데즈와 애비 존스턴, 판결 이후에도 이 주제에 대해 계속 보도할 수 있게 해 준《텍사스 먼슬리》에게 감사를 표합니다. 이 책을 믿어 준 메그 게트너 편집자를 비롯해 플럭스 출판사의 모든 분께도 깊은 감사를 전합니다.

필리버스터 당일 텍사스 상원 본회의장에서 모든 발언을 녹취록과 영상으로 성실하게 기록해 주신 분들과 단체, 특히 애너 마돌, 카운터패스,《텍사스 트리뷴》덕분에 큰 도움을 받았습니다.

오랜 세월 든든한 친구가 되어준 제프 솔로몬, 토니 프레슬리, R. A. 로페즈, 레이철 카렐스 로페즈, 롭 자페, 찰리 벨라, 마크 비야레알, 신디 가르자, 가브리엘 그라잘레스, 록밴드 찰리 대니얼스 데스 위시의 도너에게 감사합니다. 이 책의 핵심 주제에 대해 의견이 달라도 지지해 주신 어머니에게 사랑과 감사를 보냅니다. 항상 제가 자랑스럽다고 말씀해 주셨던 아버지, 그립고 고맙습니다. 기회가 있었다면 이 책이 출간된 후 몇 달 내내 페이스북에 자랑하셨을 테죠.

이 글을 쓰는 동안 곁을 지켜 준 디오와 기분 전환이 필요할 때마다 터그 놀이를 해 준 오지, 고마워. 그리고 물론 캐서린 크래프트, 당신의 사랑과 지지, 영감이 모든 걸 가능하게 해 줬어. 당신은 내가 가장 좋아하는 사람이자 작가야.

---

• Dobbs v. Jackson Women's Health Organization. 2018년 미시시피 주가 임신 15주 이후 임신 중단을 금지한 것에 잭슨 여성건강기구가 위헌 소송을 제기한 사건. 연방 대법원은 해당 사건에 대해 수정 헌법 제14조는 낙태권에 대한 보장을 포함하지 않는다고 판결했고, 이 판결에 따라 로 대 웨이드 사건의 판례는 무효가 되었다.

멈추고 싶다면 멈추지 마!

**초판 인쇄** 2025년 1월 16일 **초판 발행** 2025년 1월 16일

**지은이** 댄 솔로몬 **옮긴이** 이민희

**펴낸이** 남영하 **편집** 전예슬 조웅연 **디자인** 박규리 **마케팅** 김영호 **경영지원** 최선아

**펴낸곳** ㈜씨드북 **주소** 03149 서울시 종로구 인사동7길 33 남도빌딩 3F **전화** 02) 739-1666 **팩스** 0303) 0947-4884

**홈페이지** www.seedbook.co.kr **전자우편** seedbook009@naver.com **인스타그램** instagram.com/seedbook_publisher

ISBN 979-11-6051-715-6 (43840)



• 책값은 뒤표지에 있어요. • 잘못 만들어진 책은 구입하신 서점에서 바꾸어 드려요. • 씨드북은 독자들을 생각하며 책을 만들어요.